CLAIRE SINGER

BENS GNADENLOS PEINLICHES SOMMERCHAOS 2

Weitere Titel von Claire Singer:

Das Lapislazuliherz

Karlotta verzettelt sich

Karlotta voll verschneit!

Titel in der Regel auch als E-Book erhältlich

Claire Singer

Bens gnadenlos peinliches Sommerchaos 2

Mit Illustrationen von
Eva Muszynski

Baumhaus

MIX
Papier aus verantwortungsvollen Quellen
FSC® C014496
FSC
www.fsc.org

Dieser Titel ist auch als E-Book erschienen

Originalausgabe

Text- und Bildredaktion: Regine Teufel
Umschlaggestaltung: Christina Seitz, Berkheim
Einband-/Umschlagmotiv: Eva Muszynski
Satz: Florian v. Wissel, hoop-de-la, Köln
Gesetzt aus der: Demos Next Pro, Otaku Rant
Druck und Einband: GGP Media GmbH, Pößneck
Printed in Germany
ISBN 978-3-8339-0386-1

Sie finden uns im Internet unter: www.baumhaus-verlag.de
Bitte beachten Sie auch: www.luebbe.de

Für die Bens dieser Welt

DAS GELÜBDE

Ich weiß nicht, was andere Jungs glücklich macht, aber ich, Ben von Stribbern, habe ja neben meiner wirklich urbanen Weltläufigkeit einen richtig krassen Hang zum Land. Genauer gesagt zu dem Stück Land, auf dem meine Oma wohnt: einem Hügel in Bayern, kurz bevor die Berge richtig zackig werden und ich schon vom Hinsehen Blasen an den Füßen bekomme.

Und noch etwas macht mich, den Aushilfsbayern Stribbern, glücklich: mein Froschtümpel.

Ja, *believe it or not,* ich bin hier auf Omas Hügel zum totalen Amphibienfreak geworden. Gummistiefel, Kescher, Sammelbox, Lebendfutter. Letzteres führt mit schöner Regelmäßigkeit zum Streit mit meiner Oma, die Würmchen in der Dose neben ihrem Vanillepudding im Kühlschrank nicht mag. Das verstehe, wer will. Alte Leute sind manchmal wunderlich, und meine Oma vergisst solche Dinge zum Glück schnell wieder. Leider auch andere Dinge, aber dazu später.

Böse sein kann man ihr jedenfalls nicht, schließlich ist sie diejenige, die mir den Froschtümpel gebaut hat. Eigenhändig ausgehoben hat sie ihn, als sie noch Finger und keine knorrigen Wurzeln als Hände hatte, mit denen sie heute keinen Knopf mehr annähen kann, und mir nun diese ehrenvolle Aufgabe überlässt.

Doch zurück zum Tümpel und seinen Bewohnern.

Ein mal ein Meter groß ist die Pfütze, und meine Mam hatte den Aushub nur erlaubt, weil sie fand, dass ich mit ein Meter dreißig nicht mehr darin ertrinken konnte. Das war vor vier Jahren.

Heute bin ich 13, und wenn ich mich sehr überwinde und barfuß in den kleinen Teich steige, dann geht mir das Wasser bis zu den Knien. Mache ich aber eher selten, weil ich mir Amphibien zwar gern ansehe, allerdings das grünbraune Glibberwasser, in dem sie schwimmen, endeklig finde. Schließlich bin ich Städter aus Überzeugung und nur in den Ferien bei Oma. Damit ich eine gesunde Farbe bekomme und Mam und Paps in Ruhe arbeiten können, so der O-Ton meiner Mam. In Wahrheit haben sie Angst, dass ich zum Nerd werde und ihr guter Ben irgendwann ein Gesicht so »seelenlos« wie ein Notebook hat. Also besser Sommerfrische bei Oma. So auch dieses Jahr.

Enge Freunde von mir wissen von meiner Vorliebe für die Farbe Grün. Als vergangenes Schuljahr diese Gwendolin aus Mumbai in unsere Klasse und volle Lotte in mein Leben trat, hatte ich lange einen grünen Schleier vor den Augen. Wegen Gwendolins Schal, den sie mir bei jeder Gelegenheit ins Gesicht schleuderte.

An diesem Schal hingen Düfte von geheimnisvollen Schätzen aus dem Orient, die sie in Form von Lederbändchen, Sandelholzperlen und selbst gemischten Currypulvern in ihrem großen Schrankkoffer mit nach Old Europe geschmuggelt hatte. Ach, Gwendolin!

Mein Freund Hubsi meinte, seitdem ich Grünspan auf der Linse hätte, würde ich die Auswahl meiner Angebeteten immer an Gwendolin messen. Tatsache ist, dass es keine Angebeteten mehr gibt, *zero, niente, nada.*

Nachdem Gwendolin wieder nach Mumbai abgerauscht war, hat sie noch eine kurze Weile auf allen Kanälen gechattet – Facebook, WhatsApp, Skype – und alle Posts mit lustigen Bildern ausgestattet. Rikscha von vorne, Rikscha von hinten, mit Gwenni, ohne Gwenni, Gwenni vor selbst gekochtem Curry, das sie sinnvollerweise Gummi-Curry genannt hat, in Erinnerung an ihre Zeit mit mir in Gummersbach.

Doch seit einigen Monaten, also seit genau dem Zeitpunkt, an dem sie längst wieder hätte zurück sein müssen, kommt nicht mal die klitzekleinste SMS, und das, obwohl ihr Vater diese supererfolgreiche Handyfirma *Call me & Call you* in Indien aufgebaut hat.

Das Letzte, was ich von Gwenni gehört habe, ist: »Paps baut noch ein Werk, sehen uns im nächsten Leben, *namaste,* Benniboy!«

Ich meine, was für ein Satz! Ich sah sie förmlich vor mir, die Hände vor der Brust wie zum Gebet aneinandergelegt, den Kopf leicht gebeugt, und dann dieses indische Tschüssikowski *»namaste«!*

Heute weiß ich natürlich längst, dass es sich hier um ein hinduistisches Grußwort handelt, denn heute sind Hinduismus, Buddhismus, all das asiatische Glaubensdingens ganz meins.

Lächeln, Augenzwinkern, Klappe.

Frauentechnisch ist also seit Gwenni Schicht im Schacht. Ben von Stribbern ist abstinent, pflegt seinen Grünspan im Auge und hat den Röcken abgeschworen (abgesehen davon, dass Gwendolin nie Röcke trug).

Selbst Hubsis Hammerbraut Angelina Schollermann, die seit dem legendären Sommerfest in unserer Schule an Hubsi klebte, konnte mein Ich-werde-Gwendolin-treu-sein-Gelübde nicht brechen. Dabei ist Angelina ein echtes Törtchen und wird von mir gerne Angelina Scholli genannt. Hört sie nicht so gern, weil es ja ein bisschen prollig klingt, aber ein Ben von Stribbern kann sich solche Worte erlauben. Schließlich hat mich die Sache mit Gwendolin unglaublich reifen lassen. Und wachsen. Glatte acht Zentimeter, seit Gwendolin weg ist. Meine Jeansgrößen unterteile ich in Vor-Gwendolin und Nach-Gwendolin.

Tempi passati, wie mein Paps zu sagen pflegt und dazu wie ein Wackeldackel nickt, weil er so stolz ist auf sein Restlatein, das unter seinem Grauschopf ab und an aufleuchtet.

Aber er hat ja recht, *tempi passati,* vergangene Zeiten, in denen ich genau ein Mal Gwenni das Gumpala, unser Gummersbacher Freibad, zeigen konnte. Dann hat ihr obergechillter Vater beschlossen, die Firma in Mumbai nicht ganz ihrem Schicksal zu überlassen, und ist mitsamt Gwenni zurückgekehrt. Weg von Gummersbach, hin nach Mumbai. Von fünfzigtausend Einwohnern hin zu fünfzehn Millionen. Selbst ich bekam Ehrfurcht. Und Sehnsucht. Nach Gwennis grünen Augen und ihrem Spott, auch wenn er manchmal schwer auszuhalten war.

Was war das für ein krasses Jahr, beziehungstechnisch betrachtet. Schließlich hatten sich meine beiden Freunde Hubsi und Schmatze auch nicht gerade mit Ruhm bekleckert, was das Thema »Freundschaft« anging. So was geht nicht spurlos an einem vorüber, ich war schlicht urlaubsreif.

QUAPPEN-FASCHING

Jetzt war ich also hier, *in der Sommerfrische* bei meiner Oma. In Bayern. Umgeben und beruhigt von Molchen, Kröten, Lurchis und Fröschen, die jetzt in meinem Teich wohnten, schick umwaldet von meterhohem, sehr grünem Farn, inmitten einer sehr grünen Wiese, hinter dem mattgrünen Häuschen meiner Oma. Ab April oder Mai war dort in den höheren Berglagen Quappenfasching. Ziemlich spät, aber der Wanderreiz zu den Laichplätzen – ha, habe ich gelernt, den Ausdruck – richtete sich nach der Temperatur.

Milder März oder April
macht den Kröten viel Gefühl.
Bei strammem Frost bis in den Mai,
zieht so schnell kein Frosch vorbei.

Wir hatten jetzt Juni. Die Zeit verstrich im Pusteblumentempo. Ich wurde noch zum Dichter, denn ich hielt meine Verse in einem kleinen Notizbuch fest. Nur noch ganz, ganz selten dachte ich an meine Gummersbacher Freunde Hubsi und Schmatze, die hier eventuell ein bisschen Leben in die Bude bringen würden. Und noch weniger dachte ich an Gwenni.

Zeit heilt alle Wunden. Tempi passati.

Hatte ich auch aufgeschrieben. In mir wohnte jetzt eine wahnsinnig grüne Ruhe, eben buddhistisch, bis auf die Augenblicke, in denen Omas Dackel Karl den Postboten zusammenkläffte. Sonst nix los im Moos.

Fast nichts ... denn in ihren besonders mutigen Augenblicken kamen mich die Nachbarskinder, der Meierfabian oder Huberleon, auch Sommerfrischler, besuchen. Hat man hier in Bayern so: Nachname vor Vorname. »Stribbernben« klingt allerdings affig, weil es sich eher wie ein Versprecher anhört.

Wenn die beiden kommen, stehen wir zusammen mit kleinen Keschern am Rand des Teichs, fischen Kaulquappen, die wir in ein kleines Plastikaquarium mit Lochdeckel umsetzen, damit sie in Ruhe heranreifen können, ohne von der Ringelnatter gefressen zu werden.

Die Ringelnatter wohnt nämlich auch an meinem Teich, unter dem Farn, wo das Moos in abgefahrenen Grüntönen wuchert.

Manchmal, wenn die Sonne gut steht, sieht man sie kupfern schimmern, wie ein Halsband aus Gold. Ich hab sie Wilma getauft.

Der Meierfabian, dieser alte Schisshase, ist gleich bei der ersten Begegnung mit Wilma davongerannt und konnte nur von Oma und einem Stück Kuchen beruhigt werden.

Beim zweiten Besuch ist er mit Gummihandschuhen angetanzt, weil seine Mama, die eine Übervorsichtige ist, Angst vor einer Krötenvergiftung hatte.

Oma mag nur nicht, dass ich die Wilma mit ins Haus bringe. Sie bekommt dann immer ihren Greenpeace-Blick und den Rette-die-Welt-Ton in der Stimme, außerdem glaube ich, dass sie Tiere mit Fell eh lieber hat. Wie ihren Dackel Karl, der nichts hört, weil er ein Dackel ist. Er und ich, wir sind ein richtiges Dreamteam, sagt meine Mam, denn jeder von uns sei extrem schwierig und bockig.

Ich entgegne dieser Ungeheuerlichkeit meist nichts, eine todsichere Methode, um die Diskussionen ins Leere laufen zu lassen. Meine Mutter sondert dann Worthülsen wie »verdruckst«, »Sonderling«, »schwieriges Alter« ab, während Oma mit einem »das verwächst sich« kontert.

Dem ist nichts hinzuzufügen, meiner bescheidenen Meinung nach. Hier schweigt der Gentleman und trollt sich in den Garten zu weniger geschwätzigen Lebewesen und zu meiner neuen buddhistischen Lebensweise – zum Beispiel am Teichrand dem Wachsen der Gräser zuzusehen.

Om. Göttliche Ruhe vor irdischen Nachstellungen des Erziehungspersonals. Om.

Ich ließ dann immer den Blick schweifen, der außer am grünen Wald nirgends anstieß, und blieb gerne vorne an der Wegkreuzung hängen, wo das alte Haus seit Jahren leer stand. Angeblich wohnte der Besitzer in Amerika. Weil dort alles größer und weiter ist als hier. Amerika ...

Om. Ich blieb meistens sitzen, bis mich die neue Stribbern'sche Ruhe erfüllte. Und bis zu jenem Moment war das gut so. W.A.R.

FLATTERSUSE

Selten wurde Ben von Stribberns Auge so beleidigt: ein grottenscheußliches, erdfarben gebatiktes T-Shirt, passend zum schlammbraunen Rock. Also DIE hatte doch einen saftigen Knall. Oder was verwechselt – die Hausnummer allemal. Oder warum räumte DIE gerade Kisten in das Haus vorn an der Kreuzung? Und nicht nur das, DIE trug sie nicht allein, sondern sie hatte einen bärtigen Mann dabei, den eine ähnliche T-Shirt-Katastrophe umwehte.

Om. Nein, Ben von Stribbern würde seine Neugierde ausblenden und in Geschmacksfragen hinter sich treten. Konnte ja nicht die ganze Welt in Grün rumlaufen und Duftschals verteilen.

Om. Ich würde weiter schweigend bei den Fröschen sitzen, das beruhigte sie und mich auch.

Om. Nichts konnte meine grünen Kreise stören.

O doch. Es konnte. Es kam.

»Flatter, flatter« machten ihr komischer Rock und mehrere bunte Perlenschnüre, und in der Hand hielt sie ein Päckchen.

»Peace!« Sie streckte mir ihre Finger wie ein krummes V vor die Nase und trampelte ungeniert bis an den Rand meines Farns. Das mochte er nicht, und ich mochte es auch nicht.

»Verirrt?« Ich tat mal so, als hätte sie mit dem »V« das Victory-Zeichen gemeint.

»I am Lucy, how are you?«

Sie nestelte an dem Päckchen rum, als würde da gleich was rausspringen, hielt mir aber nur einen sehr kleinen Kuchen hin.

»Ich hab dir *Cupcake* mitgebracht!« Sie sah mich mit unglaublich braunen Augen an. Ja, spinne ich, waren die braun! Und darüber vergaß ich ganz den Kuchen und meinen Farn und den blöden Rock, der mit braunen Wirbeln bedruckt war, die aussahen wie Karls Hundehaufen. Ich glotzte.

»Ja, toll, und?«

Das war sicher nicht die richtige Antwort, aber bevor ich im Teichufer versunken wäre, wohl die beste.

»We are back!«

Wieder wummerten mich ihre braunen Augen an, und weil ich mich jetzt hochgerappelt hatte und auf gleicher Höhe war, knallten sie mir direkt ins Gesicht. »Sommersprossen an braunen Kulleraugen mit einem Tupfen Lippenrot«, so würde es der Sternekoch unten im Wirtshaus nennen, der seit Neuestem eine Speisekarte aushängte, die keiner mehr verstand.

Ich musste wohl entgegen meiner sonstigen Art ziemlich blöd geschaut haben, denn diese Lucy drehte sich um und wedelte mit dem Flatterärmel ihres Hippie-Kringel-T-Shirts in Richtung Weggabelung. »Mein Dad räumt unser Haus ein, *look*, da vorne!«

»Seh ich.« Ich bin ja nicht blöd, und habe auch Augen im Kopf, und Englisch kann ich auch, so la la, also für *»we are back«* langt es noch. Und klar, da vorne räumte ein Rübezahl im rosa Rüschenhemd sehr blaue, orange, pinke und grüne Möbel in das Haus.

Langsam dämmerte es mir.

Der Mann aus Amerika.

Dem es hier früher zu eng war.

Jetzt war er zurück und hatte dieses Etwas mitgebracht, das offensichtlich keine Augendeckel hatte, sonst hätte es doch mal geblinzelt.

Aber nein, die braunen Wahnsinnsaugen waren wie Scheinwerfer auf mich gerichtet, bis zu dem Augenblick, als Wilma mit einem ziemlich eleganten Schlenker unter dem Farn rausringelte und einer Schnecke den Garaus machte, die ihr aus dem Maul hing. *Danke, Wilma, jetzt halt dir die Ohren zu, wenn du welche hast, denn gleich gibt es einen Schrei, und die Tussi ist über alle Berge verschwunden, zurück in ihr blödes Amerika am besten.* Soweit mein Wunschdenken.

Ich wollte schon anfangen, die Sekunden zu zählen, da hockte sich diese Flattersuse nieder, flüsterte *»amazing!«* und saß stocksteif vor der Wilma, die scheinbar heute die Ruhe weghatte und fröhlich an der Schnecke weiterwürgte. Weiber.

Wenigstens auf meinen Karl, den alten Haudegen, war Verlass. Da kam er auch schon auf seinen krummen Haxen, im Maul einen Ast, der größer war als er selbst. Als das mit dem Bellen schwierig wurde, ließ er den Ast fallen und tobte auf die Katastrophe im Flattergewand zu, die seelenruhig beim Schneckenwürgen zusah. Immerhin hatte Wilma ihre sieben Zwetschgen jetzt wieder beieinander und verschwand mit Hüftschwung im Farn.

Ich wollte dieser Lucy schon *Kullerauge sei wachsam* zurufen, aber der Karl, das bestechliche Mistviech, rollte sich umgehend auf den Rücken, als Lucy ihn mit Säuselstimme umgarnte. Außerdem hatte er wohl den *Cupcake* gerochen.

Ja, macht denn hier heute jeder, was er will?

»*Again,* ich bin Lucy aus California, und wer bist du?«

Kulleraugen. Tiefbraun, Cupcakebraun mit Dackelbraun gemischt.

Der Karl leckte sich die Krümel vom Bart, und ich stand da wie ein Depp.

LOVE & PEACE

Am Abend erzählte ich, Ben von Stribbern, ansonsten verschlossen wie die siebte Grabkammer Ramses II., das Ganze der Oma.

Bei »Amerika« bekam sie ihren *Es-war-einmal*-Blick und erzählte zum hundertsiebzigsten Mal, wie die Deutschen aus den Häusern gelaufen waren, mit weißen Fahnen, damit die Amis dem Krieg ein Ende machten. Das hat die Oma noch erlebt, vor über siebzig Jahren, als Kleinkind, und hat davon ein Trauma, sagt sie. Wegen den Fliegerbomben und dem nächtlichen Rausmüssen in die Bunker.

Bis endlich alle Kinder evakuiert wurden, was hieß, dass sie alle aus den Städten aufs Land geschickt wurden. Die Oma auch, so ist sie hierhergekommen und auch geblieben, weil ihre Eltern spurlos verschwunden waren.

Eigentlich wollte ich der Oma immer mal sagen, dass sie diese Geschichte schon hundertsiebzig Mal erzählt hat, aber an der Stelle mit den verschwundenen Eltern reiße ich mich immer am Riemen und verkneife mir Stribbern'sche Kommentare.

Ein bisschen ärgerte ich mich jetzt aber doch über die Oma, weil sie mich ausgeschimpft hatte für mein Verhalten. Es sei schließlich keine Art, jemanden mit »Jetzt geht jeder wieder schön in seinen eigenen Garten, ihr habt ja noch ein paar ... bunte Möbel auszupacken, gell?« zu verabschieden, was ich gemacht hatte, weil der Karl sich so an diese Lucy rangeschmissen hatte.

»Die ist doch fremd hier und braucht Unterstützung! Hättest ja beim Möbelschleppen ein bissl mit anpacken können, Ben!«, meinte die Oma.

»Ja, aber wie die schon rumlaufen«, sagte ich und erzählte ihr von den wild gemusterten Klamotten des Vaters, der Unmenge an Perlenschnüren, die seinem Töchterchen um den Hals hingen, und dem kackbraunen Rock. Das mit dem Eins-a-Verhältnis zur Wilma und zum Karl verschwieg ich lieber.

»Soso, ein Hippiemädchen also«, meinte die Oma, »dass es die jetzt wieder gibt.« Sie schüttelte den Kopf mitsamt Locken und lachte, denn so sei sie auch mal gewesen.

Also das konnte ich mir jetzt schlecht vorstellen. Ich schaute sie wohl an wie ein Auto, denn sie gab mir eine sanfte Kopfnuss.

»Ja, ob du es glaubst oder nicht, ich hatte früher sehr schöne rosskastanienbraune Locken, bis zum Po runter. Und ich war barfuß mit einem sehr langen Rock unterwegs, zusammen mit einem Mann, der auch sehr lange Haare hatte!«

Die Oma sah an mir vorbei, als wäre hinter mir, an der Wand mit der hellblauen Blümchentapete, plötzlich ein Fenster aufgegangen.

»Damals sind wir ständig nach München gefahren«, fuhr sie aufgekratzt fort, »um auf der Leopoldstraße gegen den Krieg in Vietnam zu demonstrieren und überhaupt gegen Gewalt.

Also, ich war zwar keine Studentin wie die vielen anderen, die in dem Sommer mit der Polizei zusammengerumpelt sind, aber unheimlich frei und selbstständig haben wir uns gefühlt. Der Mann war übrigens der Jokel, dein Großvater, und er hat Musik gemacht. Einmal so was wie *Woodstock in Bayern*, das wollte er veranstalten, sein großer Traum!«

Die Vorstellung ging schwer in meinen Schädel rein. Meine Oma in langen Kleidern gegen Gewalt, zusammen mit meinem Musiker-Opa, der irgendeinen Stock in Bayern machen wollte. Und dann hat die Oma weit ausgeholt. Nicht zu bremsen war sie, als ob alles erst vierzehn Tage her wäre.

»Mei, Benni, das kannst du dir ja gar nicht mehr vorstellen, das ist jetzt bald fünfzig Jahre her, 1969, in Woodstock, da wurde die Welt umgekrempelt. Alles, was man so gedacht hatte, war plötzlich ganz anders. Kleider, Haare, Wohnen, Beziehungen, Denken, Musik – einfach alles. Haufenweise Rauschgift ist bei diesem ersten großen Open-Air-Festival allerdings auch im Spiel gewesen. Das haben der Opa und ich nicht so gut gefunden, und außerdem bin ich vor lauter *Love & Peace* ziemlich schnell schwanger gewesen!«

Die Oma guckte bei ihrem letzten Satz wie ein junges Mädchen, also – ja wie soll ich sagen – frech, eben gar nicht omalike, und es war mir ein bisschen peinlich, mir vorzustellen, dass die Oma nicht immer ihre Wurzelfinger und die vielen tausend Fältchen um die Augen hatte, sondern für den Opa mal eine scharfe Braut war.

Die Oma ließ sich durch mein blödes Grinsen aber nicht beeindrucken und fuhr mit ihren Erinnerungen fort:

»Weißt, das mit der Pille wurde grad erst erfunden. Bald sind wir dann hier in der Nähe in ein Haus gezogen und haben deinen Papa und die Millie bekommen. Der Opa Jokel hat dann nur noch Blasinstrumente repariert, bis er vor zwölf Jahren gestorben ist, und ich hab für andere Leute genäht!«

Stimmt, ich kannte meine Oma nur mit Nadel und Faden, bis ihre Finger knubblig wurden. Dann hat sie gebacken und ausgeholfen, wo man sie gebraucht hat. Und jetzt brauchte ich sie, wenn Paps und Mam etwas gegen ihr schlechtes Gewissen und für meine Naturbildung tun wollten.

Die Oma stoppte plötzlich ihren Redefluss, als ob ihr gerade entfallen wäre, worüber sie gesprochen hatte. Das passierte in letzter Zeit öfters. Zuerst fand ich es recht lustig, weil ich ihr alle möglichen Stichwörter gegeben habe, an die sie sich partout nicht erinnern konnte.

Das war natürlich fies, denn die Hälfte davon hat nicht gestimmt. Aber dann ist mir klar geworden, dass die Oma tatsächlich so etwas wie Filmrisse hat, wenn sie das Grübeln anfängt.

Meine Mutter hat ganz komisch geguckt, als ich es ihr erzählte, und mein Paps hat hörbar die Luft eingesogen und gesagt, jetzt müsse er wohl seine Schwester, meine Tante Millie, anrufen, »weil Frauen in so was besser sind«.

Ich hab lieber nicht nachgefragt, in was Frauen besser als Männer sind, denn seit der Sache mit Gwenni schwante mir, dass das eine ganze Menge sein könnte. Ich wollte mir darüber erst einen Kopf machen, wenn es so weit war. Schließlich lautet der Leitspruch eines Ben von Stribbern: »Immer erst ausprobieren; wenn's nicht klappt, merkt man's früh genug.«

In der Zwischenzeit hatte die Oma aber ihren Filmriss repariert und erzählte ohne zu stocken weiter: »Wenn ich's mir genau überlege, könnte das Mädchen genauso alt sein wie du, Bennibub. Denn der Mann, dem das Haus vorne an der Kreuzung gehört, der ist vor bald zwölf Jahren mit seiner kleinen Familie hier weggezogen. Kurz nachdem dein Großvater gestorben war und ich hierhergezogen bin, deshalb weiß ich's ganz genau. Der Grandelschorsch«, nuschelte sie und zwiebelte ihre störrischen Silberlocken, »jung und stürmisch war der schon als junger Mann gewesen, und alles war ihm hier zu eng und zu spießig!« Die Oma machte bei dem Wort »spießig« mit den Wurzelfingern eine Gänsefüßchenbewegung. Die hatte ich ihr beigebracht mit der Begründung, das würde man heute so machen, statt bei jedem zweiten Satz »in Anführungsstrichen« zu sagen.

Die Oma war jetzt nicht mehr zu bremsen und erzählte und erzählte: »Dem Grandelschorsch konnte niemand was recht machen und niemand was sagen. Der hat schon immer das Gras wachsen hören und ist *Kräatif Dairektor* oder so was in einer *Ätschenzy* geworden. Geschniegelt ist er rumgerannt, also von Bart keine Spur. In das Haus zu seiner Frau und dem Baby kam er nur am Wochenende, sonst war er in der Stadt und hat ›Megastress‹ gehabt, wie er gesagt hat. Aber richtig gekannt hab ich ihn nicht.

Als er beschlossen hat, nach Amerika zu gehen, war das wie gesagt kurz nach Opas Tod. Eines Tages war er weg mit Frau und Kind. Und jetzt wird er halt wiedergekommen sein, ohne Frau, aber mit Kind. So einfach ist das.«

Über Omas kleinen Ausflug in die Vergangenheit war es spät geworden. So richtig hatte ich meine buddhistische Ruhe nicht wiedererlangt, und es juckte mich in den Fingern, mich die halbe Nacht in einem Computerspiel zu verlieren.

Aber hier war ja nicht nur Natur pur, sondern auch computerfreie Zone. Fünfzig Euro hatte mir Paps versprochen, wenn ich das mit den computerfreien vierzehn Tagen hinkriegte. Ganz schön clever von meinen Alten, mich hier zum Abchillen herzuschicken. Die fünfzig Euro waren mir gewiss, denn das einzige elektrische Gerät in Omas Haus war die Waschmaschine, und die hatte beste Voraussetzungen, beim Schrottwettbewerb den ersten Preis zu erringen.

Ich lag in meinem eigentlich zu kurzen Bett, das sie angeschafft hatten, als ich für den Froschteich noch zu klein war. Die rot-weiß karierte Bettdecke lag wie ein

Achttausender auf mir und erdrückte mich mit Daunen, die ganz offensichtlich von sehr schweren Gänsen waren. Und mir fielen ums Verrecken die Augen nicht zu.

Gwendolingrün, Gwendolingrün, Gwendolingrün. Ich versuchte es mit einem Mantra und *omte* vor mich hin. Mantra, was auf Sanskrit »Heilige Sprüche« bedeutet. Auch so ein Wort, das ich von Gwenni hatte, die nicht nur das ganze Curry-Einmaleins beherrschte, sondern auch jede Menge fernöstliche Weisheiten. Ja, o.k., sie war mir überlegen, und auch sonst war sie einfach ganz anders als alle Mädchen, die ich kannte, also ungefähr die zweihundert, die in meine Schule in Gummersbach gingen.

Und jetzt: nichts. Das Mantra funktionierte nicht. Meine Ruhe war futsch. Ich probierte es noch einmal. Der Witz des Mantras lag ja in der Wiederholung. Vermutlich, um dem Schicksal derart auf die Nerven zu gehen, dass es endlich tat, was man wollte.

Gwendolingrün, Gwendolingrün, Gwendolingrün. Ruhig, ruhig, mein Junge, dein Gelübde ist nicht in Gefahr, wie auch? Mir war es ja herzlich egal, wo diese Flatter-Lucy mit ihrem bunten Zottel-Vater so lange gelebt hat, von mir aus konnten sie da ruhig wieder hin.

Auf jeden Fall war der Teich tabu für die. Aus, basta! Ich hatte das vor dem Schlafengehen auch der Oma gesagt, aber die hatte schon wieder vergessen, wer Lucy war. Komisch, von der Zeit nach dem Krieg und als sie Demonstrantin war, erzählte sie, als sei es gestern gewesen, und die Geschichte von vor einer halben Stunde wusste sie nicht mehr.

Morgen Abend würde meine Tante Millie aus der Stadt kommen, was sie jetzt ziemlich regelmäßig machte, seit die Oma so eine Unordnung in ihrem Hirnkästchen hatte, und vor allem, um meine Mutter zu beruhigen, die das Gefühl hatte, ich sei nicht ausreichend betreut. Sollte mir nur recht sein, die Tante Millie war ein echter Sonnenschein, sah ungefähr vierhundert Jahre jünger aus als mein Paps, obwohl sie auch schon siebenundreißig war, und lächelte eigentlich fast immer unter ihren kastanienbraunen Locken.

Außerdem keimte in mir die Hoffnung, dass sie ihren Laptop mitbringen würde. Oder besser nicht, Ben von Stribbern musste zu seiner ausgeglichenen Geisteshaltung zurückfinden. Und die 50 Euro wollte ich auch haben.

Gwendolin, Gwendolin, Gwendolin. Om. Als Buddhist war man einsam. Da konnte man keine durchgeknallten *amazing girls* gebrauchen.

SCHOKO-SCHEINWERFER

Tante Millie hatte ihren Laptop nicht mitgebracht und war ungewöhnlich gereizt. Der Chef würde ihr mit seinem »Umsatz, Umsatz, Umsatz« das Leben schwer machen, und die Hin-und-her-Fahrerei sei ein rechter Mist, weil am Irschenberg immer alle ineinanderfuhren, weshalb man ihn gleich Hirschenberg nennen könnte.

Eigentlich tat mir die Millie zwar leid, aber das mit dem Laptop ärgerte mich doch. Sie wollte auch kaum was von Amazing-Lucy, dem Froschteich, dem Rübezahlvater und der vergesslichen Oma hören.

Als ich ihr schließlich ein »mach dich mal locker« hinwarf, bezeichnete sie mich als frech (wegen »locker machen«), intolerant (wegen äußerer Beurteilung von Lucy & Co.) und anstrengend aus ungezählten Gründen.

Die Oma verdrückte sich gerne, wenn ihr etwas zu viel wurde, und guckte ein Quiz im Fernsehen. Wie jetzt.

Die Stimmung mit Millie wollte gerade ins Ungemütliche kippen, als es an der Tür klopfte. Ich nix wie raus, um dem Karl die Schnauze zuzuhalten, damit er sich nicht aufführte wie Quecksilber, wenn es warm wurde. Er sprang trotzdem an der Tür hoch und versuchte zu kläffen. Wenn der in den Spiegel guckte, sah er bestimmmt einen Löwen.

Als ich die Tür aufgemacht hatte, bedauerte ich sofort meine Umsicht. Aber jetzt war es zu spät, den Hund auf die beiden Clowns loszulassen, die im Türrahmen standen und grinsten.

Lucy und ihr Vater, beide in fließenden Gewändern, also fast. Der Vater in Jeans aus Leder mit einem geringelten Hemd, die Lucy in flüssiger Schokolade. Samt bis zum Boden, eine Art Kleid, ohne Anfang und Ende – es schien direkt bei den braunen Scheinwerfern in ihrem Gesicht loszugehen und endete einen Zentimeter über den beiden nackten Füßen.

»Hi, Ben«, das Peace-Zeichen kannte ich jetzt schon, der Vater kannte es auch, klopfte mir auf die Schulter und beugte sich zu dem irren Karl runter, der bereits unter Lucys Schuhen grub, vor laute Freude, sie wiederzusehen. Verräter!

Plötzlich stand Tante Millie hinter mir und bat die beiden Kasperl rein. Denn ich hatte bisher keinen Ton herausgebracht, nicht mal ein Hi.

»Ich bin der Tschortsch Grändel«, begrüßte der wandelnde Bart meine Tante Millie. Dabei sonderte er einen Mix aus Amerikanisch und Bayerisch ab und hörte sich an wie die beiden Tigerdompteure Siegfried und Roy aus Las Vegas, die ja ursprünglich auch aus Bayern kommen.

Meine Tante Millie schien von derselben Krankheit befallen wie unser Dackel Karl, sie strahlte den Tschortsch Grändel an, als sei er *Tschortsch Clooney.* Für den schwärmte die Millie nämlich, und weil sie alle Männer nach einer Tschortsch-Clooney-Skala beurteilte, kamen recht wenige infrage. So partnermäßig.

Dabei ist die Millie objektiv betrachtet ziemlich hübsch. Ich hab mich schon oft gefragt, ob mein Paps und sie wirklich verwandt sind.

Vielleicht fand das auch unser neuer Nachbar, denn das Händeschütteln zwischen den beiden geriet ein wenig länger, und diese Lucy rollte genervt die Augen zur Decke. Okay, hier musste ich ihr zustimmen. Kaum zu ertragen, Erziehungsberechtigte, die sich zum Horst machen.

Als der Grandeltschortsch allerdings meine Oma vor dem Fernseher sah, ließ er die Tante Millie stehen wie einen Müllsack, lief zur Oma hin und herzte sie wie eine alte Bekannte.

Die Oma, die sich zwar nicht dran erinnerte, was wir heute zum Abendbrot gegessen hatten, wurde lustig und erzählte uns eine halbe Stunde lang was vom früheren Tschortsch. Tante Millie guckte auch schon wieder viel milder, öffnete eine Flasche Wein nach der anderen und hatte schlagartig gute Laune, während diese Lucy total neugierig mit mir in mein Zimmer gestiefelt kam, wo sie dann einfach so herumstand. Ich fasste es nicht. Ben von Stribberns Zimmer wurde von brauner Schokolade geflutet.

»Du kannst es total gut mit *frogs*, also Fröschen und so, oder?«, flötete sie mit einem leichten amerikanischen Akzent. Sie hatte sich eines meiner Bilderlexika, das noch aus Kindertagen hier herumlag, geschnappt – »Bunte Welt der Amphibien«. Also für Einsteiger ganz nett, dachte ich noch und wollte ihr die Freude lassen. Aber sie gleich: »Das ist ja wohl was für Babys!«, und klappte das Buch zu. »Bist du nicht unter www.amphibienexperts.com eingetragen, als member?«, fragte sie. »Das sind auch echte Experten, die sich immer exchangen«.

Obacht und aufgepasst, jetzt wurde es eng, Ben von Stribbern, der Grenzwert-Nerd, der Computersüchtling, der Große-Klappe-Meister und neuerdings buddhistischer Ruheverströmer, musste sich outen.

»Ich hab Computerferien. Frei von allen Gigabytes, lausche nur dem Klang der Natur ... und kultiviere meine Erinnerungen an Gwendolin.« Nein, den letzten Teil des Satzes hatte ich verschluckt. Der Anfang reichte auf der Peinlichkeitsskala schon für einen der ersten Plätze.

Lucy grinste.

Ich schaute ein Loch in das schokobraune Kleid, und die Lucy schaute ein Loch in mein Gesicht, und kurz bevor es peinlich geworden wäre, drehte sie sich einmal im Zimmer um, dabei machte der Rock einen riesigen braunen Teller, und sagte: »Vielleicht hast du ja gar keinen Computer, Ben? So ist doch dein Name?«

Ich ärgerte mich ein bisschen, dass ich zuvor offensichtlich ziemlich unhöflich gewesen war, gleichzeitig suchte ich verzweifelt nach einem Halt, denn ich drohte im schokobraunen Nirwana zu versinken.

Wie gern hätte ich mich jetzt auf mein unbequemes Bauernbett fallen lassen, das mir schon seit drei Jahren zu klein war! Aber da saß inzwischen schon Lucy. Ungefragt. Und ich sah von oben den vielen kleinen Perlen an ihrem Hals beim Klimpern zu. Na, wenigstens etwas, das an ihr klimperte, wenn es schon ihre Augendeckel nicht taten. Lucys Schokoscheinwerfer sahen mich unverwandt an, und wenn ich es mir genau überlegte, war Braun eigentlich gar keine schlechte Farbe.

»*It's not a problem,* morgen schließt mir der Tschortsch meinen an!« Lucy schüttelte die Locken, grinste und hob dabei total zufrieden mit sich selbst Augenbrauen und Handflächen nach oben.

Gwendolin, Gwendolin, Gwendolin.

Nein, Braun war gar keine Farbe, sondern eine Mischung aus allem, ein Schmuddelton.

Ben von Stribbern hatte computerfrei und wollte die fünfzig Euro nicht riskieren – sein Gelübde übrigens genauso wenig.

»Lucy, guck mal, dort hat der Zimmermann das Loch gelassen!!« Das hätte ich Feigling sagen sollen, tat es aber nicht, sondern schob verlegen ein Flugblatt hin und her, das auf meinem Schreibtisch lag, mit der gut sichtbaren Überschrift **RETTET DEN KRÖTEN-HIGHWAY**. Eines der Flugblätter, die ich selbst gemalt hatte. Nicht ganz perfekt, Mist und Doppelmist. Ich steckte das Flugblatt schnell in meine Tasche, bevor Lucys Röntgenblick mein Kunstwerk analysieren konnte.

»Das ist ja superinteressant, ist das hier in der Gegend?« Diese Lucy blieb nicht beim Thema, das hatte ich am Nachmittag schon gemerkt, als sie mir einen Vortrag über die genetisch bedingte Sturheit des Dackels und dazwischen was von Schlangensorten in Kalifornien erzählt hatte.

Der Tschortsch rettete mich schließlich, weil er seine Tochter wieder mitnehmen wollte, es sei ja schon spät, und der Umzug säße ihnen noch in den Knochen. Wie war die Lucy wohl erst, wenn sie ausgeruht war?

»Also dann bis morgen, Benny!« Schokobraun und Ringelrüsch verschwanden in die Nacht, und Millie unterhielt sich noch lange mit der Oma. Dass dieser Tschortsch sich aber wirklich verändert hätte, also nicht nur im Namen, denn alle haben ihn ja immer »Schorsch« gerufen, sondern auch so. Gar nicht mehr arrogant sei der und total entspannt. Yoga-Kurse wolle er hier geben. Das mit der Werbung habe er bleiben lassen nach der Sache mit seiner Frau. Und jetzt sei er Naturheiler und Späthippie und die Lucy sein Augenstern.

Ganz schön peinlich fand ich das Gesülze über die Neuen. Nur bei dem Wort »Augenstern« musste ich kurz die Luft anhalten. Andersrum war es – STERNAUGEN hatte die und ansonsten einen saftigen Schuss.

Später umfing mich beim Einschlafen tiefschokobraune Dunkelheit. Von Grün keine Spur mehr.

KRÖTENKUSCHELN

Der nächste Morgen hätte nicht schöner beginnen können: Es war bereits kurz vor elf, ich hatte einen megatiefen Schlaf hinter mir – irgendwas von einer Schokoladenfabrik hatte ich geträumt – und stapfte barfuß in den Garten. Die Wilma lag schon in der Sonne auf einem Felsen und ließ sich die heißen Strahlen auf ihren Schuppenrücken brennen. Ein paar Jungfrösche hatten sich aus ihrem Miniaturdschungel herausgewagt und saßen im Sicherheitsabstand zu Wilma um den Teich herum.

Als der Karl durch meine Beine gefegt kam, war es natürlich aus mit der Ruhe. Wilma und die Frösche tauchten wie auf ein einstudiertes Zeichen hin ab zwischen Farnen, Schilf, Schwertlilien und Minirohrkolben.

Das nasse Gras leckte an meinen Füßen. Und in meine Ohren drang eine lautstarke Diskussion. Die Oma und meine Tante.

»Millie, so kann das nicht weitergehen, du kannst nicht dreimal die Woche hier herausfahren, nur um nachzusehen, ob mir der Benni zu viel wird. Der Benni wird mir nicht zu viel. Und wer ist überhaupt dieser Herr Schreiber, von dem du die ganze Zeit sprichst?« Die Oma hatte einen leicht irritierten Unterton in der Stimme, so als ob die Millie sie mit diesem unbekannten Herrn Schreiber ärgern wollte. Die Bezeichnung Benni mochte ich auch nicht wirklich.

»Mama, das ist mein Chef, der Schreiber ist mein Chef. Merk's dir halt so, dass ich bei dem immer unheimlich viel schreiben muss ... Das kann doch nicht so schwer sein!«

Auch die Millie hatte einen Unterton, aber keinen höflichen. Ich erkannte meine Tante gar nicht wieder, diese Stimme wie aus der Stahlfabrik. So genervt war sonst nur meine Mutter, und von der hatte ich ja Ferien.

»Dann sagst deinem Herrn ... ähm, dass du heute krank bist und nicht kommen kannst. Schau, es ist

Freitag und auch schon fast Mittag, da geht es auf der Autobahn zu wie bei einer Großdemonstration, und du wirst spätestens am Irschenberg einen Nervenzusammenbruch kriegen. Dann bist du wirklich krank. Nur weil der Kasperl, wie heißt der noch mal?, anruft, musst du nicht springen. Das ist dein freier Tag heute!« Die Oma hatte inzwischen einen Ton drauf, der keinen Widerspruch duldete.

Ich wunderte mich ein wenig, denn ich hatte gedacht, das wird irgendwann besser zwischen Eltern und Kindern. Aber es ist wohl herzlich egal, ob man dreizehneinhalb oder siebenunddreißig Jahre alt ist, Eltern schaffen es anscheinend jederzeit mit wenigen Sätzen, einen auf die Größe von vier Zentimetern zu schrumpfen.

Als die Millie aus dem Haus trat, war sie zwar keine vier Zentimeter groß, aber sie hatte eine mindestens vier Zentimeter lange steile Falte zwischen den Augen.

Der Karl, den ich bis dahin gestreichelt hatte, rannte los und sprang freudestrahlend an ihr hoch, als hätte er sie ein halbes Jahr nicht gesehen.

An Millies Stirnfalte änderte sich nichts, und ich dachte kurz darüber nach, was ich als Neu-Buddhist zur Entschärfung der Lage beitragen konnte, als mir die Aufgabe abgenommen wurde.

Man darf dreimal raten, durch wen.

Er war weitgehend braun und kaum zu bremsen, nein, nicht der Karl, sondern der Tschortsch.

»Hi, Millie, was für ein wunderschöner Morgen, *isn't it? Faboulous* und diese *landscape*, einfach *great!*« Unser Neunachbar breitete die deutlich trainierten Arme aus, die aus einem stylisch löchrigen und bestimmt sehr teuren T-Shirt guckten, und hatte was von einem Akteur bei den Oberammergauer Festspielen. Also Jesus in Bayern.

Ich dachte kurz über die Macht der Gesten nach und dass ich unbedingt auch mal ein paar davon einstudieren musste, die derart saßen, dass einem die Luft wegblieb, da entspannte sich die Stirn von meiner Tante Millie, als hätte man ihr ein ganzes Fass Botox gespritzt.

»Hallo, Tschortsch, gut geschlafen so die erste Nacht wieder daheim?«

Täuschte ich mich, oder verzerrte die Luft die Töne? Da, wo gerade Millies Stimme wie ein Stahlseil durch unseren Garten gezischt war, tropfte nun Honig aus ihrem Mund. Nie hat man das Wort »Tschortsch« cremiger gehört.

Ich musste mich doch wundern. Über die menschliche und die tierische Natur, denn der Karl hatte sich mit einem lustigen Luftsprung bis in die muskulösen Arme vom Tschortsch katapultiert, von wo aus er nun versuchte, dessen Bart abzuschlecken.

»Millie, ich sage dir, man muss erst weggehen, um zu spüren, wie schön das alles hier ist. Einfach *great!*«

»Ja, wahrscheinlich muss ich deshalb alle zwei Tage in die Stadt, um zu sehen, wie schön es hier ist!« Millies Stimme flockte ein wenig ins Traurige aus, was dieser Tschortsch natürlich sofort bemerkte

»What's the problem, Millie?«

»Ach, mein Chef ist das Problem. Obwohl ich heute freihabe, bestellt er mich in die Stadt, sülzt mich zu mit ›nur Sie können mich jetzt retten‹. Und ich kann dann einfach nicht Nein sagen!«

Schweigen.

Ich war mir nicht sicher, weil ich aus meinem sicheren Versteck im hohen Schilf ja nicht jede Feinheit erkennen konnte, meinte aber zu spüren, dass dieser Tschortsch kurz davor war, meine Tante Millie in den Arm zu nehmen.

Ich schielte seitlich aus meinem Versteck. Nein, der Tschortsch hielt Abstand von der Tante Millie. Stattdessen machte er eine Geste, die wohl so viel bedeuten sollte wie: Nimm all dein Hirn und mach einen Knödel daraus. Dazu hielt er die geöffneten Handflächen links und rechts von den Schläfen, schloss die Augen und formte dann mit beiden Händen einen Ball vor der Brust.

Und was macht meine Tante Millie? Bedankt sich wie einst Gwenni mit einem Namaste – Hände wie zum Gebet geformt an der Brust und dazu ein leichtes Kopfnicken.

Schön, wenn sich zwei ohne Worte verstehen.

Allerdings hat dann der Tschortsch die Tante Millie ziemlich irdisch zum Auto begleitet und gewunken, als würde sie zur Weltumrundung aufbrechen.

Anschließend Abgang des Nachbarn nach links. Genau rechtzeitig, denn von rechts näherten sich der Huberleon und der Meierfabian auf ihren Fahrrädern. Der eine mit einem Deppenkäppie, das offensichtlich mal das Werbegeschenk einer Motorsägenfabrik war, und der andre mit einem Fahrradhelm, als würde der Weg von deren Bauernhof bis zu uns durch verschärften Steinschlag führen. Die beiden sind kürzlich aus irgendeiner Großstadt hierhergezogen und hatten bisher mit Natur nicht viel am Hut.

»Tach, Ben, was geht?«

»Habe die Ehre, Huberleon!«

Der Huberleon, der sich noch nicht so recht an die bayerische Version seines Namens gewöhnen konnte, guckte säuerlich. Der Meierfabian musste sich erst aus seinem superduper Fahrradhelm mit Vulkanausbruchssicherung schälen, bevor er etwas sagen konnte, weil ihn der Kinnriemen am Reden hinderte.

»Wir wollten fragen, ob es recht wäre, wenn wir hier bei dir am Teich so eine Art Picknick machen könnten!« Der Meierfabian schwenkte bei seinen gestelzten Worten einen kleinen Korb, der mit einem rot-weiß karierten Tüchlein bedeckt war. Wie putzig war das denn? Wie beim Wolf und den sieben Geißlein.

»Also ihr wollt Brotzeit machen?«

»Ja, so sagt man wohl hier!«

Der Huberleon hob vorsichtig Fuß vor Fuß, als er durch das Gras stapfte. Die Wilma hätte ja eine bösartige Attacke auf seine Quadratlatschen geplant haben können.

Ich klopfte freundlich auf die Stelle neben mir im Gras vor dem Miniaturdschungel. Die beiden Helden kamen nun mutig näher, ließen zwei Wachstuchkissen fallen und setzten sich drauf. Es war ihnen noch nicht einmal peinlich.

Aber ich, neubuddhistischer von Stribbern, blieb ruhig wie eine Pyramide. Wo ich früher schon zu beißendem Spott angesetzt hätte, herrschte nichts als friedliche Ruhe. Sie waren ja noch so klein, die beiden, kaum zwölf.

»Ähm, Ben, meine Mama hat gesagt, dass wegen der Kröten hier im Frühjahr die Straßen gesperrt werden, ist das wahr?«

Der Huberleon ließ, nachdem er die Frage gestellt hatte, den Mund offen stehen, sodass ich freie Aussicht auf seine Zahnspange hatte.

»Schon richtig, die sperren hier die Straße, sobald die ersten Kröten anfangen, in ihr Laichgebiet zu ziehen. Das ist nicht weit von hier, oben beim Krötensee. Jetzt wisst ihr auch, warum der so heißt.« Ich machte eine ausholende Armbewegung, die von den Berchtesgadener Alpen bis zur Zugspitze alles einschloss, also schlappe 200 Kilometer.

»Und wann ist das?«

Der Meierleon fummelte an seinem Fahrradhelm herum, den er sich unter den Arm geklemmt hatte, anstatt ihn an die Lenkstange seines aufgepimpten Mountainbikes zu hängen. Er musste immer an irgendwas herumfummeln, entweder weil er so eine hyperaktive Macke hatte oder weil ich ihn nervös machte. Ich nahm mal Letzteres an, das war mir sympathischer.

»Das ist ein ganz schöner Aufwand, oder? Und wann ... wann hüpfen die so, die Kröten?«

Aha, heute war bei den beiden Nasen offensichtlich Informationstag.

»Ja, kommt auf die Temperatur an, wenn es schon früh

warm wird, wandern sie eher, also schon auch mal im März, ansonsten im April bis in den Mai hinein!«

»Und die ganze Zeit sperren die hier die Straße?«

Der Huberleon konnte sich mit seinem Großstadthorizont wohl nicht vorstellen, dass wegen ein paar braunen, warzigen Glitschdingern eine ganze Straße gesperrt wurde.

»Das kann schon ein paar Wochen dauern«, entgegnete ich fachmännisch, schließlich hatte ich mich mit der Sache auseinandergesetzt. Ja, ich war sogar aktiv geworden bei der Verteilung von höchstpersönlich angefertigten Flugzetteln.

Ich erinnerte mich an den einen, den ich am Tag zuvor sicherheitshalber wegen der Lucy in meiner Hosentasche versenkt hatte. Na, die beiden Helden hier würden meine Zeichenkünste gewiss nicht so kritisch beurteilen, denen konnte ich mein Werk ruhig zeigen. Ich zog den Zettel aus der Hosentasche.

Bis dahin hatte ich die Erinnerungsfetzen an den gestrigen Abend eigentlich gut verdrängt, denn der Vormittag war ja weitgehend ohne größere Störungen verlaufen. Da fiel plötzlich ein Schatten auf unsren Picknickplatz. Ein trapezförmiger, sprechender Schatten.

»*Hi, boys,* ich bin Lucy, und was der Ben sagt, ist *really true.* Der örtliche Naturschutzbund will schon seit Jahren einen Krötenhighway bauen lassen. Das sind Stahlröhren unter der Straße hindurch, und mit einem *fence* ... also einem Zaunsystem, sollen dann die Amphibien in die Röhren gelenkt werden. Kröten sind nicht *silly* ... also doof, die kapieren das. Natürlich müsste zum Bau des Kröten-Highways die Straße wieder gesperrt werden, und zwar jetzt, im Sommer, wenn die Wanderzeit vorbei ist. Hab ich recht, Ben?« Ich stand da, mit meinem Flugblatt in der Hand, und konnte nicht anders, ich musste zustimmend nicken, auch wenn mich Lucys perfekt gehaltener Vortrag mächtig ärgerte. Ich meine, da kommt diese kalifornische Schokobombe in mein Leben spaziert und packt sich über Nacht die gesamte Info zu meinem Krötenhighway drauf.

Ah, stimmt, der Tschortsch hatte ihr wohl noch in der Nacht den Computer angeschlossen. Ratzfatz. Was bei uns daheim immer eine mittelschwere Katastrophe war, weil sich niemand so recht auskannte mit dem Digitalen, das machte der Supertschortsch im Handumdrehen nachts im Schlaf – nach einem Umzugstag und Tante Millies fleißig nachgeschenktem Rotwein.

Der Tschortsch begann mir langsam unheimlich zu werden, genauso wie sein aufgewecktes Töchterchen, das sich jetzt zwischen den Huberleon und den Meierfabian hatte fallen lassen und auf einem schokobraunen Teller aus Rock und Rüschen saß, statt auf einem Wachstuchkissen.

Die Sonne spiegelte sich in Huberleons Zahnspange, als Lucy sich kurz von ihrem Tellerrock erhob und mir das Flugblatt aus der Hand grabschte.

Dann sahen wir alle gebannt zu, wie sie mit flinken Fingern aus dem Blatt ein niedliches Origamifröschchen faltete und es mit einer Schnippbewegung zu mir hüpfen ließ.

Huberleon und Meierfabian hatten nun alle beide ihre Klappen offen, als Lucy sie ansprach.

»Und ihr, seid ihr Freunde von Ben? Auch solche Krötenfreaks?« Sie beäugte die Gummihandschuhe, die dem Huberleon aus der Hosentasche ragten.

»Äh, ja, klar, voll ...!« Der Meierfabian hatte sich eher wieder im Griff.

»Wir hängen hier immer ab mit dem Ben, ... also zurzeit, sonst müssten wir mit unsren Eltern wandern.« Der Meierfabian verzog den Mund zu einer Grimasse, als ob Wandern wirklich das Hinterallerletzte wäre. Womit er aus meiner Sicht ja gar nicht falsch lag. Wie gesagt, aus meiner Sicht ...

»O *great,* Wandern, ich bin einmal mit meinem Paps durch den Grand Canyon«, die Lucy sprach es aus, als ob der *Grän Cäniän* mindestens drei Äs in der Mitte hätte, »da hatte es 113 *degree,* also echt *hot!*«

Nun schlug's aber dreizehn, die konnte uns ja alles erzählen, aber bei 113 Grad ist man verbrutzelt zu Grillwürstel. Sagte ich ihr auch.

»O *no,* es sind Fahrenheit, nicht Celsius, ich vergaß, du musst noch ein wenig *patience,* also Geduld, mit mir haben, Ben!« Lucy ließ die Augendeckel über ihre braunen Scheinwerfer klappen, um sie gleich wieder aufzuschlagen. Siebzig Prozent Bitterschokoladenkugeln voll auf die Zwölf.

Ich musste mich links am Karl und rechts an einem Büschel Schilf aus dem Miniaturdschungel festhalten, um nicht vollkommen bekloppt zu schwanken, im Sitzen!

Sie hatte die Augendeckel bewegt!

Sensationell. Und ich musste zugeben, es war gut, dass sie das selten tat, denn ich, Ben von Stribbern, war nicht immun dagegen. Gar nicht. Auch dreimal Gwennis Namen vor mich hin murmeln machte die Sache nicht besser.

Okay, Gwenni war weit weg, und unser letztes Treffen lag weit zurück, aber ich konnte mich gut an ihren ersten Auftritt in unserer Klasse erinnern. Damals gingen auch kurzzeitig alle Schalter bei mir aus, und als sie wieder angingen, saß Gwenni neben mir.

Nun saß Lucy neben mir, hatte ihren Origamifrosch wieder eingefangen und sah uns alle drei erwartungsfroh an.

»Was machen wir heute?«

Vom Huberleon und dem Meierfabian konnte ich mir keine große Hilfe erwarten, für die beiden Babys war ein Ausflug zu mir, dem Bärenkiller Karl und der Riesenwürgeschlange Wilma ja schon Abenteuer genug.

Jetzt saß da auch noch eine Schokoladenkönigin mit Papierfrosch. Ich machte mir ernsthaft Gedanken, ob die beiden Musterbubis das packen würden, und übernahm das Reden.

»Also, erst einmal wird hier ganz gepflegt Brotzeit gemacht, und dann schaun wir mal – dann sehn wir schon!« Dieser Spruch vertrug sich aufs Beste mit meiner neubuddhistischen Haltung. *Nichts muss, alles kann. Om.*

»Supergreat, was gibt's zu essen?« Lucy hatte mit einer raschen Handbewegung ihre vorderen Haarsträhnen, die ihr gerne mal das halbe Gesicht verdeckten, in sanften Wellen auf ihrem Hinterkopf verteilt, wo sie sich wie die Wilma in der Sonne ein wenig kupfern ringelten.

Gold auf Dunkelbraun.

Ich glotzte auf Lucys Kopf, als sie mit den Händen vor meinem Gesicht herumwedelte. »Erde an Mond, Erde an Mond, was gibt's zu essen?«

Ich musste den Kopf abwenden und den Meierfabian und den Huberleon ganz scharf ansehen, damit die auch mal was sagten, schließlich hatten die beiden ja das Rotkäppchenkörbchen angeschleppt.

Jetzt kam Leben in die beiden. Kein Wunder. Miss Schokobrummerauge hatte sie fest im Blick und lächelte in einer Mischung aus Mona Lisa und Miley Cyrus.

Das rotkarierte Tüchlein wurde ausgebreitet. Darauf kamen Vorratsbehälter in lustigen Bausteinchenfarben.

Und ein Päckchen, das mit Zeitungspapier umwickelt war. Na, so was, in der Musterfamilie waren die Plastikbehälter ausgegangen. Meine Oma packte immer alles in Zeitungspapier, weil sie sagte, dass jedes einzelne Plastikteil den Regenwald in Sumatra kaputt mache. Wegen der Gummibaumplantagen, die sie dort pflanzen würden, damit wir hier Plastik für jeden Scheiß hätten. Genau so hat sie es gesagt. Und dann noch eine lange Geschichte vom abgeholzten Tropenwald und Orang-Utans erzählt. Und wie sie mal vor vierzig Jahren, als sich noch keine Sau für die Umwelt hinter der eigenen Haustür interessiert hätte, mit dem Opa auf einer Demo gewesen wäre.

Ich sah die bunten Plastikbehälter an und das Zeitungspäckchen, das bereits in Lucys Hand lag. Fragen schien nicht zu ihren Stärken zu gehören.

Ich erinnerte mich an die Sache mit dem Flugblatt in meinem Zimmer und wie sie sich so mir nichts, dir nichts auf mein Bett gesetzt hatte.

»Was habt ihr denn da drin?« Lucy sah die beiden Nachbarshelden freundlich, aber bestimmt an.

»Ach, das sind nur ein paar Äpfel!«

Der Meierfabian hob entschuldigend die Schultern.

Also echt jetzt, die packten noch ihre Äpfel ein!?

Die Lucy schien sich auch zu wundern, na wenigstens eine Gemeinsamkeit – und schon hatte sie einen der

Äpfel herausgeschält und hineingebissen. Die anderen beiden Äpfel kullerten durchs Gras. Hoffentlich mussten die jetzt nicht noch mal desinfiziert werden.

So wie der Huberleon und der Meierfabian guckten, dachten sie offenbar genau daran und an die mahnenden Worte ihrer Mütter.

Das Zeitungspapier schaukelte lustig im Wind. Bevor es in den Teich fliegen und mir dort das Wasser versauen würde, griff ich danach. *Baulöwe stoppt Krötenkuschelkurs!*

Die Titelseite der örtlichen Tageszeitung war zwar zerknittert und krumpelig, aber trotzdem noch gut zu lesen. Vor allem das Datum – die Zeitung war von heute.

Ich starrte auf die Titelzeile und das Bild darunter. Es zeigte eindeutig den Krötensee. Und wenn man genau hinguckte, konnte man am Horizont sogar das Dach von Omas Häuschen sehen.

Nun wurde es interessant, so interessant, dass ich zunächst gar nicht bemerkte, dass Lucy neben mich gerobbt war und mitlas.

... Nur wenige Wochen ist es her, dass die Bundesstraße B 3456 zwischen Inzell und Ruhpolding gesperrt wurde, um Hunderten von Erdkröten und Laubfröschen den Gang zu ihrem Laichplatz Oberer Krötensee zu erleichtern. Für die betroffenen Anwohner bedeutete das erhebliche Beeinträchtigungen, die Umleitung kostete viele Pendler Zeit und Nerven.

Die Sperrung ist deshalb bei der Bevölkerung umstritten. Viele protestieren seit Jahren dagegen. Nun strebt die Initiative *Amphibienhilfe Süd* eine friedliche Lösung an, nämlich den Ausbau des Krötentunnels am Krötensee, den sogenannten Kröten-Highway. Diesen Sommer sollte er bereits gebaut werden. Dazu müsste man die Bundesstraße wieder auf Wochen sperren. Dagegen hat nun der Bauunternehmer M.P. senior Klage eingereicht. Sein Bauvorhaben, der Ausbau eines Sägewerks in der betroffenen Gegend, sei dadurch gefährdet: Durch den Tunnelbau würden Bauabschnitte nicht rechtzeitig fertig, Schadensersatzforderungen in Millionenhöhe an Land und Gemeinden wären die Folge.

Die Errichtung des Kröten-Highways ist deshalb gestoppt, die Zukunft der nützlichen Amphibien, die das Ökosystem der Sumpfwiesen und Waldauen so bereichern, steht in den Sternen.

Marc Zwing, Regionalredaktion

Rote Traun Post

Lucy und ich sahen uns gleichzeitig an.

Hammer!

Also der Artikel.

Und auch die braunen Kulleraugen, ungefähr zehn Zentimeter vor meinem Gesicht.

Ich wusste gar nicht, wohin mit meiner Entrüstung. Kein Kröten-Highway und diese Hammeraugen, so nah, dass ich Lucys Atem spüren konnte. Irgendwas mit Orangen.

Dann ging es ganz schnell. Lucy packte ihren Origamifrosch, der ja eigentlich mein Flugblatt zum Thema *Rettet die Kröten* war. Mit Aufruf zum Bau des Kröten-Highways. Und ausführlicher Beschreibung, was wann passieren würde. Mit der Bitte um Verständnis! Plus Info, wozu Kröten nützlich sind und dass es auch für Autofahrer nicht witzig sei, über zermatschte Kröten zu fahren. Glitsch- und Rutschgefahr, eine Riesensauerei und außerdem Tierquälerei!

So, und dann stand diese Lucy auf, stemmte die Arme in die Seiten, wodurch ihr Vollmilchschokoladenrock noch ein bisschen mehr aussah wie sehr schaumig gequirlte *Mousse au chocolat,* und sagte: »Ich werd das mal checken, mit diesem Sägewerk, das geht ja gar nicht!«

Also nicht, dass ich nicht ihrer Meinung gewesen wäre, aber bisher hatte ICH mich um die Sache gekümmert, also seit ich hier bei der Oma war und die Oma mir von der Initiative der *Amphibienhilfe Süd* erzählt hatte. Und dass man noch ein bisschen was tun müsse, damit alle mitziehen.

Das war dann mein Ersatz für die computerfreie Zeit gewesen – jedes Flugblatt hatte ich eigenhändig beschriftet und bemalt. Konnte man nun auch gut sehen, denn Lucy hatte den Origamifrosch wieder auseinandergefaltet und etwas geglättet. Jetzt durften alle meine Handarbeit wieder bewundern.

Zugegeben, in diesem Moment kam sie mir ein bisschen albern vor. Diese großen bunten, in Regenbogenfarben gemalten Buchstaben und meine Frösche, die mehr wie der Karl in einem grünen Batman-Anzug aussahen.

Aber darum ging es ja gar nicht, sondern um die Aktion an sich. Und wie hätte ich es ohne Computer anstellen sollen?

Die Lucy hielt mein Flugblatt immer noch hoch, und der Meierfabian und der Huberleon konnten sich das Lachen nicht verkneifen, die kleinen Pisser.

Sollten sie doch einmal Frösche malen!

Ganz schwach stieg in mir dasselbe Gefühl auf wie damals, als mich meine beiden Gummersbacher Freunde Schmatze und Hubsi so übel im Regen stehen gelassen hatten, nach dem suboptimalen Handystreich. Die hatten auch dieses blöde Grinsen im Gesicht.

Nun hatte auch die Lucy das Grinsen bemerkt und drehte das Flugblatt um.

»Du hast Talent, Ben! Mein Dad, der hat früher auch sehr coole Plakate gemalt, damals in der *agency*«, sie hatte es »Ätschänzie« ausgesprochen, mit Doppel-Ä, »aber heute gibt es *these smart little boxes, they call it* c o m p u t e r ...« Sie buchstabierte wie für einen Vollidioten, und ich kam mir auch so vor. Der Huberleon und der Meierfabian verstanden zwar nur die Hälfte, aber es reichte für ein vollfettes Grinsen.

Und dann rief auch noch die Oma nach mir.

»Bennibubi, komm doch einmal zu mir, ich weiß nicht mehr, wo ich meine Brille hingelegt habe! Bennilein, Bennibär ...!«

Die Oma konnte ganz schön laut rufen, also dafür, dass sie so klein und hutzelig war.

»Bennibub, Bennilein, Bennibär ...«, die Lucy ließ alle drei Namen noch einmal aus ihrem Mund tropfen. Wie sehr cremiges Schokoeis.

Der Meierfabian und der Huberleon lagen nun ausgestreckt auf dem Rücken und hielten sich die Bäuche, der Karl hatte sich über ihre Wurstbrote hergemacht, und ich hatte ein Gefühl, als würde ich in einem albernen grünen Gummi-Batman-Kostüm vor einer großen Menschenmenge stehen.

Meine Autorität war dahin.

Und daran war nur eine Person schuld: Lucy, die Fürstin der fürchterlich schokobraunen Unterwelt. Meine neue Nachbarin.

WANZEN

Die peinliche Wendung dieses bislang schönen Freitags war noch keine Minute her, da drohte neues Unglück. Ich hatte mich gerade von Lucys Auftritt erholt, das Flugblatt in der Mitte zusammengeklappt und unter meinen einen Fuß geschoben. Den beiden Ultrafeiglingen Huberleon und Meierfabian hatte ich mit einem scharfen Blick das Grinsen aus den Gesichtern gelasert, als sich erneut ein Schatten auf unsere rotkarierte Minitischdecke senkte.

Dieses Mal war er nicht trapezförmig, sondern einfach unförmig, und der Karl, der bis dahin das Krabbelverhalten eines phosphorgrün schillernden Käfers beobachtet hatte, sah sich zu einem Grollen genötigt, das man dem kleinen Kerl, also dem Karl, gar nicht zugetraut hätte.

Ich hätte es ihm gerne nachgemacht, denn der Schatten wurde von einem saftigen Schweißsockengeruch begleitet. Der Huberleon und der Meierfabian hatten für solche Fälle sicher Gasmasken dabei, aber ein von

Stribbern setzt der Welt ja nur seinen Geist, sein Mundwerk und seine stattliche Erscheinung von fast einem Meter fünfzig entgegen.

Dieses Mal war alles anders. Ich hätte gerne eine Gasmaske gehabt, einen Schlagring und eine Körperhöhe von eins neunundneunzig, um sie dem Schatten entgegenzusetzen.

Jetzt sprach der Schatten auch noch.

»Grias eich, ihr Ratzen, habts scho no a Platzerl! Vergelt's Gott!«

Der Schatten veränderte sich ins Knödelförmige, denn der dazugehörige Festkörper hatte sich mit einem Bums ins Gras fallen lassen, ohne eine Einladung abzuwarten.

Die Erde zitterte, und der Karl war mit einem zweiten Grollen ins Haus geflüchtet. Die feige Nuss.

»Wos is jetzad des?«

Mit seinen ungepflegten Wurstfingern hatte unser neuer Gast unter meinem Fuß mein künstlerisch wertvolles Flugblatt herausgeklaubt.

»A Krötn-Heiwäh, soi'n des? Du bist der Spinner, der wo die Bladl verziagt?«

Der sprechende Knödelschatten verlor bei Zischlauten recht viel Spucke. Und wenn man so nah daneben saß wie ich, hatte man was davon. Ich sah, wie der Huberleon und der Meierfabian innerlich große Taschentücher zückten, und bedauerte, dass sie es nicht in echt taten.

»Grüß dich, Pelzermax, was kann man Schönes für dich tun? Setz dich doch zu uns, wenn sich's nicht vermeiden lässt!«

Ich legte besonders viel Arroganz und mein schönstes Hochdeutsch in meine Stimme. Und hätte was für eine Geste gegeben, die ein für alle Mal klarmachte, dass es sich bei seinem Besuch um schweren Hausfriedensbruch, Körperverletzung und obendrein Luftverschmutzung handelte.

»Passt scho, oiwei besser!«

Der Pelzermax sprach jetzt noch undeutlicher, denn zwei der drei mitgebrachten vegetarischen Leberkässemmeln meiner beiden heldenhaften Milchbubifreunde waren schon in seinem riesigen Maul gelandet.

Die Knödelform von Max Pelzers Schatten hatte zwei Gründe: Zum einen trug er ein T-Shirt, aus dem man ohne Not ein Campingzelt für zwei Personen hätte nähen können. Und der Kerl war mit seinen ebenfalls 13 Jahren gefühlte 130 Kilogramm schwerer als ich und hatte ein Stockmaß von einem Meter achtundsiebzig. So hatte es die Tante Millie beschrieben, für die der Pelzermax so etwas wie ein Brauereigaul war. Aber da tat man den Pferden unrecht, fand ich.

»Bist a Öko, ha?«

Jetzt glotzte er mich direkt an, und ich war froh, dass seine Frage keinen Zischlaut enthielt. Dann wandte er sich an den Huberleon und den Meierfabian, die zu einem einzigen Häufchen Elend zusammengeschrumpft waren.

Der Pelzermax wohnte nicht weit weg von den beiden auf einem Bauernhof, zusammen mit seiner Mutter, die ganz offensichtlich sowohl mit dem Bauernhof als auch mit dem Max etwas überfordert war. Der Kerl war ein Raufbold vor dem Herrn, pöbelte, hatte das Wort »Streiche« zu seinem zweiten Namen gemacht und tat nichts lieber, als die Ferienkinder derart zu ärgern, dass die sich nicht mehr in die Gegend trauten. Denn dies alles hier bis zum Krötensee war Pelzermaxland. In seinen Augen.

Über den Pelzermax zerriss sich die ganze Gegend das Maul, ebenso über seine Mutter, die hartnäckig dazu schwieg, wer und wo der Vater zu ihrem hoffnungsvollen Sprössling war. Man munkelte was von einem Typen, der vor dreizehn Jahren hier in der Gegend mal ein Einkaufszentrum hatte bauen wollen. Bei der Geschichte schüttelte sich die Oma immer, denn der Parkplatz für das Einkaufszentrum sollte bis an die Rückwand von ihrem Häuschen gehen, und vom Krötensee wäre eine Pfütze übriggeblieben, inmitten von Drogeriemärkten, Kaffeeketten und Monsterdiscountern.

»Das waren Heuschrecken!«, sagte die Oma immer und stieß dazu eine Faust in die Luft, als würde der Geist der Heuschrecken immer noch herumwabern.

Jetzt allerdings rief sie erneut ihr: »Bennibub, Bennilein, Bennibär, hast du meine Brille schon gefunden?«

Ich Hirni hatte ja vorhin nur den Spott über mich ergehen lassen und dabei ganz die Oma vergessen. Hätte ich doch nur ... Jetzt hatte dieses Scheusal von Pelzermax auch noch die ganze Latte peinlicher Kosenamen mitbekommen und würde sie bis an sein Lebensende gegen mich verwenden. Manchmal war ich echt froh, dass ich am Ende der Schulferien wieder nach Hause, ins 800 Kilometer entfernte Gummersbach, fuhr.

Bayern konnte richtig grausam sein.

Wie grausam, das sollte ich gleich erleben, aber erst holte ich der Oma die Brille vom Küchenbuffet, denn da legte sie sie immer hin. Und vergaß es dann.

Als ich nach einer halben Minute wieder aus dem Haus kam, war vom Huberleon und vom Meierfabian nichts mehr zu sehen. Allerdings nicht, weil die beiden auf ihren Superduper-Mountainbikes das Weite gesucht hätten, sondern weil sie von zwei Gestalten verdeckt wurden. Mir schwante Böses. Die Gorillas vom Pelzermax, Wanze 1 und Wanze 2, Zwillingsbrüder, die drei Dörfer weiter aus der Familie Wanzinger stammten. Es hieß, die hätten bis vor Kurzem noch als Wilderer gearbeitet. Heute verscherbelte Vater Wanzinger alles, was sich auf seinen Schrottplatz verirrte, vieles davon nicht ganz freiwillig.

Die Mütter vom Huberleon und vom Meierfabian sollten also weniger Angst vor ungewaschenem Obst und Krötenschleim haben als vor den Riesenschädlingen, die hier die Gegend unsicher machten.

Die Gorillas vom Pelzermax waren blöd wie Brot, wobei man da dem Brot unrecht tat, und mit ihren zwölf Jahren schon mindestens so groß wie der Pelzermax. Was sie am besten konnten, war mit offenem Mund und grimmigem Blick Kaugummi kauen. Dann sahen sie sich ähnlich, sonst nicht. Der eine von ihnen war verpickelt wie der Rücken einer Erdkröte, der andere hatte eine kurze, wulstige Stirn wie ein Gorilla, wobei man jetzt wieder sowohl den Erdkröten als auch den Gorillas unrecht tat.

Sie hatten sich also breitbeinig vor meine beiden Milchbubis postiert und pöbelten, wobei sie mit den Schuhspitzen immer nach dem Huberleon und dem Meierfabian traten. Nicht sehr fest, aber fest genug, dass den beiden die Tränen schon bis zum Hals standen.

»Ihr Spacken, nehmt eure Füße von meinen Freunden und von meinem Grund. Kann mich nicht erinnern, eine Partyeinladung verschickt zu haben!«

Ich schritt beherzt auf die Gruppe zu und stellte mich zwischen Wanze 1 und 2 und vor meine kleinen Freunde. Und schon traf mich die erste Schuhspitze. Ans Schienbein! Ich machte einen Schritt rückwärts – und bereute es im selben Moment. Schuhspitzen kamen zurückgehagelt, nein, keine Schuhspitzen sondern Eispickel. Ich strauchelte. Und konnte es nicht fassen.

Auch weil ich nur ein paar Gummilatschen trug, mit Zehen frei.

Jetzt hatte sich auch der Pelzermax zur vollen Größe erhoben. Wo gerauft wurde, durfte er schließlich nicht fehlen. Ich besah mir kurz seine Füße und schwankte. Arbeitsschutzschuhe. Mit Stahlkappen.

Einen kleinen Moment später lag ich zwischen dem Huberleon und dem Meierfabian im Gras und musste innerlich zugeben, dass die drei Raufbolde aus dieser Perspektive noch gigantischer wirkten.

Dem Huberleon lief die Rotze aus der Nase, und der Meierfabian schniefte gewaltige Angstwolken aus. Keine zehn Zentimeter vor unseren Nasen nichts als Bergschuhe und Stahlkappen.

Ich konnte die beiden verstehen und würgte selbst an einem Brocken, der sich so gar nicht nach Sieg anfühlte.

Der Pelzermax zerrieb gerade eindrucksvoll mein Flugblatt unter seinen Stahlkappen und dann einen der Äpfel. Rechts und links von seinem Fuß quoll Apfelmus aus der Erde.

Der Huberleon war jetzt eine einzige gelbgrüne Nase. Gerne hätte ich das Gesicht von Frau Huber gesehen, wenn sie ihren Musterbubi zurückbekam.

Dieser heitere Gedanke streifte mich leider nur kurz, denn Tatsache war, dass wir in einem der nächsten Momente allesamt ziemlich blutige Nasen haben würden, wenn die Eispickel uns weiter oben trafen. Ich verfluchte mich, denn ich hatte diese Volldeppen provoziert.

Mit denen kann man nun mal nicht vernünftig reden. Eine Wolke Schweißfuß stieg auf, als der Pelzermax mit seinem linken Huf ausholte, um in die Zielgerade auf meine Nasenspitze zu gehen. Ich schloss die Augen, riss die Arme hoch, hoffte, dass der Huberleon und der Meierfabian ebenso schlau waren, und ... spürte, wie die Erde zitterte.

Der Pelzermax war nach hinten gekippt und hatte die beiden Gorillas mitgerissen. Alle drei hingen sie halb im Teich.

Am Ufer standen der Karl, die Lucy und meine Oma. Jeder hatte wohl von hinten an einem der drei Deppen gezogen, exakt in dem Moment, als sie ausholten und dabei auf einem Bein standen.

So wie sich der Pelzermax die Wade rieb, war bei ihm der Karl am Werk gewesen. Der kleine Kerl hat zwar ein Minimaul, aber darin lauerten Zähne wie bei einem Leistenkrokodil, spitz und mit einer Beißkraft wie ein Schnappmesser. In Bayern nennt man sie ja auch *Wadlbeißer,* die Dackel. Und jetzt wusste ich auch, warum sich diese Hundesorte so durchgesetzt hatte. Dackel waren nützlich. Sie gehörten eindeutig zu den Nutztieren.

Die Lucy sah in ihrem braunen wallenden Outfit aus wie eine Rachegöttin, die gerade wieder Ordnung schuf unter den Erdlingen. *»Peace guys!«* säuselte sie und formte ihr V-Zeichen.

Die Oma hatte einen Schrubber in der Hand, den sie, glaube ich, als verlängerten Arm benutzt hatte, denn mit ihren knorrigen Wurzelärmchen hätte sie nie und nimmer eine der Wanzen zu Fall gebracht.

Mann, war ich froh!

Und Mann, war das peinlich!

Zwei Frauen und ein Dackel hatten drei Schisshasen vor Nasenbruch gerettet.

Ich hatte keine Ahnung, wie ich dieser Lucy je wieder in die Augen sehen sollte. Augen wie Schokofondue, die jetzt auf mir ruhten.

Ich blieb gelähmt liegen, während die drei Haudraufs nach einem erneuten Schrubberschütteln meiner Oma das Weite gesucht hatten und der Huberleon und der Meierfabian ohne Helm und Sicherheitsgurt auf ihre Fahrräder gehechtet waren.

Nur ich lag jetzt noch da und ließ mir vom Karl das Gesicht ablecken, der vorher allerdings das Apfelmus gegessen hatte.

ZUCKERPERLENZÄHNE

Benni, Beeeenniiiii!«

Lucy. Schon wieder.

Von meinem neubuddhistischen Zustand war kaum mehr etwas übrig, das Seelengleichgewicht der letzten Tage war dahin, seit *sie* aus der Schokoladenfabrik ins Haus neben uns gezogen war.

Ich schwor augenblicklich, nie einen Schritt in das Nachbargrundstück zu setzen, es würde furchtbare Folgen haben. Lucy benahm sich schon außerhalb ihres Territoriums, als würde die Welt ihr gehören – wie würde das erst in ihren eigenen vier Wänden sein? Den Versuch wollte ich erst gar nicht machen. Ich hätte was drum gegeben, endlich ungestört neben Wilma im Gras zu liegen und den Libellen beim Schillern zuzugucken.

»Hi, *Benniboy,* mein Vater hatte eine *fantastic idea!*« Sie ließ sich ungefragt neben mich auf eines der Wachstuchkissen fallen, die der Huberleon und der Meierfabian bei ihrem überhasteten Aufbruch vergessen hatten.

Den braunen Tellerrock hatte sie gegen braune Shorts mit Fransen eingewechselt, und ich fragte mich, wie man unter dem braunen Rock so braungebrannte Beine kriegen konnte. Schlanke, glatte, sonnenverwöhnte Beine, an deren Enden zarte Füße in Mokassins steckten. Obenrum trug Miss Schokobombe eine weiße Spitzenbluse ohne Kragen, nur mit so einem Folkloregerüschel um den Hals, also eher die Brust. Irgendwie hatte dieses Oberteil kein Oben und kein Unten, saß aber trotzdem eins-a und ich ertappte mich bei dem Gedanken, dass neben grünen Schals auch weiße Rüschenblusen echt süß sind. Pfui, weg mit dem Gedanken, Gwenni, Gwenni, Gwenni.

»*Benni, I am here,* wo bist du?« Lucy fuchtelte mit ihren schmalen Händen vor meiner Nase herum.

»Hier, bin da, mir macht nur die Sache mit der Zeitungsmeldung zu schaffen!«

Ich versuchte, ein weltmännisch besorgtes Gesicht aufzusetzen. Gesten sind alles, hatte ich ja gelernt.

»Genau darum geht es – und um deine Tante Millie!«

Was hatte die denn damit zu tun? Ich hatte sie ja noch nicht mal in meine Flugblattaktion eingeweiht, weil sie das sonst vielleicht beunruhigt hätte. Sie sollte schließlich neben der Oma darauf aufpassen, dass ich keine Dummheiten machte. Wie alle meine Verwandten wussten, gelang mir das auch ohne digitale Unterstützung.

»Was willst du von Tante Millie?« Ich formulierte meine Frage vorsichtig lauernd.

»ICH gar nichts, aber Paps meinte, deine Tante Millie sähe angespannt aus, und das ist ja sozusagen sein Job: zu erkennen, wie es den Leuten geht. Er berät große Manager, wie sie ihren Stress abbauen!«

»Aber Tante Millie ist Sekretärin und keine Managerin!«

»Also *first* ist deine Tante Millie wahrscheinlich mehr Managerin als ihr Chef. Das ist immer so, kein Chef wäre etwas ohne seine Sekretärin, *and second* ist es dem Tschortsch egal, welchen Beruf jemand hat. Wenn ihm etwas auffällt, fällt es ihm auf. Und dann will er was tun. *You know?* Helfersyndrom! Manchmal bisschen lästig. Wir haben zum Beispiel in der Wüste von Nevada mal drei Tage neben einem liegengebliebenen Auto ausgeharrt, bis Hilfe gekommen ist!«

»Aber Tante Millie ist ja auch kein Auto!«

»In dem Auto saßen Leute! Du bist kein so *quicky* hier, oder?« Sie tippte sich an die Stirn.

Das war ja wohl die Höhe, als wäre Ben von Stribbern langsam in der Rübe!

Ich knuffte Lucy in die Seite, und sie knuffte augenblicklich zurück. Aber deutlich fester.

»Öha, bist du im Nebenberuf Wrestling-Queen?«

»*No,* aber ich mache Boxaerobic, das ist so *powerful* und *you can all your aggressions* wie bei einem Tanz loswerden. Hat mein Paps entwickelt. Neben einem sehr chilligen Yoga. Kannst du auf youtube angucken... *oh I forgot,* du hast ja c o m p u t e r f r e i !« Sie machte die Gänsefüßchen, die ich der Oma beigebracht hatte, und entblößte dabei eine Reihe kleiner Zuckerperlenzähne. Wie kann eins solche hellen Zähnchen haben? Die reinsten Badekacheln!

Ich war wieder stark abgelenkt, wollte aber jetzt doch wissen, was meine Tante Millie mit dem Krötenhighway zu tun hatte.

»Also was soll Tante Millie tun?«

»Gar nichts, das ist es ja, sie soll gar nichts tun, sondern entspannen, und deshalb hat der Tschortsch vorgeschlagen, dass wir heute ein großes *Barbecue* bei uns in unsrem Garten machen. Dann muss Millie, wenn sie zurück ist aus der Stadt, nicht kochen, deine Oma kann von früher erzählen, und wir beide können nach dem Essen ein bisschen vor meinem Computer abhängen und das Ding mit dem Sägewerk recherchieren.«

Ich bekam die Flatter. Mein Gelübde, alle meine Schwüre – Gwenni, computerfrei und niemals einen Fuß auf das Grundstück der Schokoladenfabrik zu setzen – sackten in einem Augenaufschlag in sich zusammen. Ungelogen, sie hatte das zweite Mal, seit ich sie kannte, die Augendeckel bewegt. Klapp runter, klapp rauf, Schokosahne.

»Also abgemacht?« Lucy hielt mir die Rechte zum High five hin. Ich schlug lahm dagegen.

KORREKTES GRILLEN

»Ben, mein Freund, welche Sorte magst du?«

Der Tschortsch stand vor mir wie aus einem Werbeplakat für superduper Grillgeräte gesprungen. Er hatte eine Grillgabel im Anschlag und in der anderen Hand eine Reihe wachsgelber Laibchen, die den Putzschwämmchen meiner Oma ähnelten, wenn sie schon eine Weile in Gebrauch waren.

»Äh, was ist das?« Ich hätte gerne weltmännisch getan, aber hier wollte ich nichts riskieren.

»*That's Halumi* oder – *how do you call it?* – Kochkäse!«

Hui, da hatte sich der Tschortsch ja was Tolles einfallen lassen.

Ich äugte vorsichtig zu dem Tisch, auf dem die andren grillbaren Köstlichkeiten aufgebahrt waren. Tomaten, Paprika, Maiskolben, Zucchini, Zwiebeln, Auberginen. Hilfesuchend sah ich mich um.

Oma textete die Lucy voll mit Geschichten aus meiner Kindheit; Millie war noch ein wenig blass wegen dem Herrn Schreiber, dem Irschenberg und den Hirschen, die ihn befuhren, blickte aber unverwandt den Tschortsch an, als würde er gerade ein Konzept zur Weltrettung vorstellen. Hier half nur forsches Fragen.

»Gibt's auch was Gescheites?«

»Du meinst Fleisch, Ben?«

Ich hob entschuldigend die Schultern. »Ich dachte, wir grillen?«

»Tun wir doch auch!« Lucy hatte sich eingeschaltet. »Aber wir legen doch keine Tiere auf den Grill, wir sind doch nicht mehr in der Steinzeit!« Sie musterte mich wieder mit dem Schokobombenblick. Nix Augengeklapper.

»Öh, also ...« Ich hatte null Argumente. Und Lucy hatte gerade erst Anlauf genommen.

»Du kannst nicht für den Krötenhighway kämpfen und gleichzeitig unschuldige Schweine und Rinder ins Feuer werfen. Das geht gar nicht. Der Tschortsch und ich haben schon vor Jahren aufgehört, Fleisch zu essen.«

Na, das wurde ja immer besser. Lucy war vermutlich schon als Kleinkind nicht auf den Mund gefallen und hatte dem Vater beizeiten eingebimst, dass Fleisch ganz, ganz bäh war. Dummerweise fiel mir Tante Millie jetzt auch noch in den Rücken. Also im übertragenen Sinne.

»Der Tschortsch hat so recht, mit den heutigen Lebensbedingungen für Schlachtvieh kann man es sich nicht mehr leisten, Fleisch zu essen. Ich lass es auch!«

Nanu, das war neu. Gestern noch hatte Millie beim kalten Schweinebraten von der Oma doch kräftig zugelangt. Oder war das am Ende gar kein Fleisch gewesen?

Der Tschortsch strahlte die Tante Millie an, als hätte sie ihrerseits gerade die Formel zur Weltrettung verkündet.

Auf dem Grill schmurkelten Kochkäse und Gemüse und ein paar Marshmellows. Ohne die ginge in den USA beim Grillen gar nichts, meinte die Lucy, nachdem sie mit Streng-Gucken aufgehört und mir einige Flaschen Grillsoße in den Arm gedrückt hatte, die ich auf den Tisch stellen sollte.

Die Oma saß schon am Tisch und strahlte. »Wie damals!«, rief sie. Vermutlich meinte sie eine Begebenheit vor fünfzig Jahren, denn als die Millie sie vorhin gefragt hatte, was sie denn zu Mittag gegessen hätte, war es der Oma nicht eingefallen. Mir schon – Spiegeleier, die ich mir selber gebraten hatte, weil die Oma nach dem ganzen Teichdrama auf der Stelle in einen tiefen Mittagsschlaf gefallen war. Der Karl übrigens auch, und jetzt war der mindestens genauso semibegeistert vom Grillgut wie ich.

Die Millie, die einen Kartoffelsalat beigesteuert hatte, verteilte den schlabberigen Käse, als ob es sich um Goldbarren handelte. Kochkäse mit Kartoffelsalat und Marshmellows! Ich war mir ganz sicher, dass dieses seltsame Essen schuld war an Lucys forschem Auftreten. Mir schmeckte es jedenfalls nicht. Nach einem Versuchsbissen Kochkäse hielt ich mich an Millies Kartoffelsalat.

»Tschortsch, das ist sooo köstlich!« Tante Millie flötete ihm drei gestrichenene Cs und benahm sich insgesamt sonderbar. Sie schloss zum Beispiel die Augen und ließ den Kochkäse sichtlich auf der Zunge zergehen. Dabei hatte sie ein ganz klein wenig Barbecuesoße im Mundwinkel, und der Tschortsch fuhr wie selbstverständlich mit der Serviette darüber. Da hätte ich mal die Lucy sehen wollen, wenn ich dasselbe mit ihr gemacht hätte.

Ich schielte zu ihr hinüber. Sie kaute nicht gerade mädchenhaft an einem Maiskolben. Die Butter klebte rechts und links in den Mundwinkeln, also weitaus schlimmer als bei der Tante Millie. Ich hätte ein Badehandtuch gebraucht, um den ganzen Schlonz abzuwischen. Stattdessen machte ich ihr mit Handbewegungen klar, wie es um ihren Mund bestellt war. Es schien sie nicht im Geringsten zu stören, denn sie fuhr sich mit dem Handrücken einmal rechts, einmal links über ihren Mund und langte dann mit exakt dieser Hand zu mir, um mich am Arm zu greifen. »Satt, Benniboy?« Sie schielte auf meinen Teller mit den angebissenen Marshmellow- und Halumi-Resten. Optisch ein echter Hingucker, als ob jemand den Inhalt von Fugensilikon auf meinen Teller gespritzt hätte. Von satt konnte keine Rede sein, entsprechend gut gelaunt war ich.

»Super, dann lass uns in mein Zimmer gehen, oder willst du noch mehr Geschichten über deine Zeit als Baby hören?«

Sie grinste ihr Perlenzähnelächeln und zog mich mit ihren Butterfingern mit sich. Höchste Gefahr: Ich war kurz davor, das Allerheiligste der Schokoladenfabrik zu betreten, UND kurz davor, meinen Computerschwur zu brechen. Vielleicht würde dreimal »Gwenni« sagen ein Kraftfeld aufbauen? Zwischen mich und all dieses Wir-machen-alles-richtig. Der Karl versuchte die Hand von Lucy abzulecken, wenigstens einer sorgte für Ordnung. Dann schlappte ich willenlos hinter den braunen Fransenshorts mitten ins Epizentrum des Schokoladenvulkans.

DAS GESPRENGTE KISSEN

Im Nachhinein betrachtet, hätte dieser Ausflug in Lucys Zimmer gar nicht anders laufen können, nicht, wenn man an Murphys Gesetz glaubt, also dass Chaos Chaos anzieht.

Und es lag nicht daran, dass ich noch nie ein so chaotisches Zimmer gesehen hätte, und jeder, der mein Zimmer kennt, weiß, was das heißt. Dafür, dass sie gerade erst eingezogen war, Respekt! Überall CDs (von Bands, deren Namen ich nicht nur nie gehört hatte, sondern auch nicht aussprechen konnte), Kissen (wie kleine Felsen, in nahezu allen Brauntönen), Schminksachen (Schminksachen? Was gab es denn an dem perfekten Gesicht zu schminken? Ich hatte ›perfektes‹ Gesicht gedacht ... ich musste verrückt sein, in dem Halumi war bestimmt was drin gewesen), Klamotten in allen Brauntönen (ein paar kannte ich schon), Teddies, klar, in allen

Brauntönen (das beruhigte mich, Lucy war trotz allem anscheinend doch irgendwann ein Kind gewesen), ein riesiges Himmelbett mit einem Dach aus weißem Leinen (ich hatte geglaubt, so was gibt's nur im Film), eine rosa Kommode (war sie an dem Tag farbenblind gewesen?), ein grüner Stuhl (grün!) und ein nigelnagelneuer Computer mit einem angebissenen Apfel daneben. Als Bildschirmschoner schrammten unaufhörlich von links und rechts unterschiedliche Reptilien über den Bildschirm. Andere Mädchen in dem Alter ließen Horden von Katzenbabys und Pferdeschnuten über die Mattscheibe bummeln oder Popgruppen mit Jungs, die nicht viel älter waren als ich, aber dreitausend Mal cooler.

»Ähm, Lucy, es ist ja so, dass ich comp...«

»*Come on,* siehst du hier irgendwo deine Eltern?« Sie umriss mit einer Geste das ganze Zimmer. Selbst wenn meine Eltern da gewesen wären, hätte sie das Chaos verschluckt. Lucy bugsierte mit der Zehenspitze einen Stapel *National Geographic*-Magazine zur Seite, damit ich besser an den Tisch mit dem angebissenen Apfel und dem Computer rankonnte. Das hatte was Rührendes (hatte ich ›rührend‹ gesagt?).

»Look«, sie hatte die Homepage einer Gruppe aufgemacht, die sich *Fortschritt Alpenvorraum* nannte. Das Logo war ein Frosch mit Darth-Vader-Maske und einem schwarzen Umhang, und wenn man genau hinsah, erkannte man noch ein Laserschwert. Für mich sah es aus, als ob der Frosch ein Häppchen mit Cocktailspieß wäre.

»Die sind ganz schön aktiv!« Lucy sprach es »äktiff« aus, und ich durfte die Blogeinträge lesen: »Endlich Schluss mit dem Kuschelkurs«, »Zwei Monate Stillstand kosten eine Million Euro, was sind dagegen tausend braune Ekelkröten?«, »Wenn wir alles nur dem Naturschutz unterordnen, können wir die Alpen gleich zum Naturschutzpark erklären und Eintritt verlangen, das bringt die Millionen, die uns fehlen.« Dazwischen ein

Werbebanner auf einem gefährlich grünen Untergrund und mit einem Text in runden Blockbuchstaben: »Antiblockiersysteme bei Amphibienschleim – jetzt umrüsten, die nächste Kröte kommt bestimmt«. Weiter ging es mit Posts von aufgebrachten Fortschrittlern: »Sind wir denn im Märchenland? Wollen wir alle Frösche küssen, um zu sehen, welcher der Prinz ist?«, »Kann man Krötenschleim nicht in der Medizin einsetzen? Oder den Ökos als Marmelade verkaufen?« – dieser Post hatte besonders viele Likes.

Und es ging gerade so weiter. Hunderte von Einträgen, die von der Betreiberseite aus immer mit Daumen hoch oder mit einem Bravo versehen waren.

»Krass, was?« Lucy hatte die Seite geschlossen, anscheinend war sie um mein Seelenheil besorgt, denn sie sah mich prüfend an. »Glaubst du, dass dieser Baufuzzie PM senior dahintersteckt?«

»Ähm ...« Ich litt heute unter Wortmangel, aber vielleicht lag es auch am Hunger. Ich schielte zu dem Apfel.

Aber Lucy hatte wohl gar nicht mit meiner Antwort gerechnet.

»Also, ich glaub das jedenfalls, und jetzt versucht er die Bevölkerung aufzustacheln. Verspricht ihnen Fortschritt. Aber was soll das für einer sein? Die haben doch nichts davon, wenn dafür die Natur kaputtgeht. Schließlich gibt es hier doch viele Bauern. Die müssen doch wissen, wie wichtig die Amphibien für das Ökosystem sind. Nahrung für Vögel und Kleinnager und überhaupt die Artenvielfalt ...« Lucy hatte sich in Fahrt geredet und dabei ziemlich rote Backen bekommen. Das war doch mal ein hübscher Kontrast zu den braunen Locken und braunen Fransen! Ich nickte. Sie redete in einem fort weiter. Eigentlich war das ganz praktisch, wenn man wie ich gerade an akuter Wortwüste litt. Und an akuter Neugier. Seit einer geschlagenen Woche hatte ich meinen Account nicht mehr gecheckt und ertappte mich dabei, wie ich meine Kennwörter eingab und mit einem Plopp mein soziales Netzwerk wieder zum Leben erwachte. »Du warst seit einer Woche nicht mehr aktiv, bist du nicht neugierig, wer dir alles geschrieben hat?«, sagte mir das nette Fensterchen mit dem Grinsesmiley. Ich war wie im Fieber. Und OB ich wissen wollte, wer mir gschrieben hatte. Der Schwur war Vergangenheit, ich spürte es.

Außerdem spürte ich Lucys Hand an meinem Ärmel.

»Wenn du dich neben deinem Nachrichtenkram vielleicht noch mal kurz auf die wirklich wichtigen Dinge konzentrieren könntest?« Sie funkelte.

Endlich wusste ich, warum Schokolade als das schwarze Gold der Inkas bezeichnet wurde! »Wir werden gegen diese angeblichen Fortschrittler etwas tun müssen. Wenn ich den Zeitungsartikel richtig verstanden habe, dann ist der Krötenhighway schon abgeblasen. Das kann doch nicht sein!«

Ihre Augen verspritzen jetzt, glaubt es oder nicht, flüssige Schokolade und ähnelten einem Schokoladenspringbrunnen kurz vor dem Überkochen. Ich nickte.

»Kannst du auch was andres außer nicken? Du siehst aus wie diese japanischen Winkekatzen oder wie ein Wackeldackel.«

Das hörte Karl und sprang auf ihr Bett. Ich fühlte mich schwach und nahm endlich den angebissenen Apfel, bevor ich mich ebenfalls auf das Himmelbett plumpsen ließ. Lucy warf mit einem braunen Felsen nach mir, der sich als Kirschkernkissen in Samt herausstellte und Karls Spielsinn auf den Plan rief.

So schnell konnte ich gar nicht nach dem Kissen greifen, wie der Karl draufsprang und sich mit seinen Leistenkrokodilzähnchen darin verbiss. Dann schüttelte er es tot. Ohne Quatsch, so heißt das in der Jägersprache, also wenn das Kissen zum Beispiel ein Fuchs gewesen wäre. Rechts und links hüpfte das Kissen um seinen Kopf, ich bekam es nicht zu fassen.

Die Lucy kreischte was von »The pillow of my Mom!« und kam auch auf das Bett gesprungen.

Wir stürzten uns beide gleichzeitig auf den Karl und versuchten, ihm das Kissen zu entreißen. In dem Augenblick kam Tante Millie ins Zimmer, in beiden Händen eine Nachspeise.

Vermutlich hat die ganze Situation einen völlig falschen Eindruck auf sie gemacht. Lucy lag auf mir, denn der Karl hatte versucht, sich unter mir zu verstecken. Ich hatte versucht, das Kissen von Lucys Mam zu retten, den Karl aus dem Bett zu werfen und gleichzeitig diese Rauferei mit der Lucy zu genießen ... ähm, habe ich ›genießen‹ gesagt?

»Wo so viel Kräfte sinnlos walten, da kann kein Knopf die Hose halten«, sagte mein Paps immer, wenn ich versuchte, die Dinge weniger friedlich zu lösen.

In dem Augenblick hatte der Karl das Kissen gesprengt, und Tausende von Kirschkernen rasten durch das Bett, über den Boden, durch die Luft. Direkt auf die Nachspeise in den Händen der Tante Millie ... in meine Rettung vor dem Verhungern und die einzige vegetarische Nahrung, die ich heute akzeptierte: Vanilleeis!

Der Karl kläffte die Millie an, die Lucy blaffte mich an, und die Millie schrie erschrocken auf, weil es ja nicht alle Tage Kirschkerne regnet.

Als sich alle Kirschkerne einen Platz gesucht hatten, sah ich das Ausmaß der Katastrophe: das Bett zerwühlt, die Lucy auf mir, inmitten einer Gebirgslandschaft aus samtweichen Felsen, das Vanilleis garniert mit Kirschkernen, der Karl mit dem angebissenen Apfel unter dem Tisch mit dem Computer, aus dem für die Anwesenden gut hörbar alle meine Nachrichten der letzten sieben Tage eintrudelten.

PLÖTZLICHER WETTLAUF

Am nächsten Morgen, es war Samstag, sah die Welt schon wieder anders aus. Weniger nach Katastrophen, Kochkäse und Kirschkernen. Aber nicht unbedingt ruhiger. Wie auch?

Wir hatten alle lange, sozusagen die ganze Nacht gebraucht, um uns zu beruhigen. Die Lucy, weil das Kissen, das ihre Mom ihr beim letzten Treffen vor ungefähr sechs Jahren geschenkt hatte, kaputt war. Die Millie, weil sie sich Sorgen wegen meiner Computersucht machte und darüber, ob ich mich der Lucy unsittlich genähert hätte. Der Karl, weil er grundsätzlich zu Aufgeregtheit neigte. Die Oma, weil sie gerade mitten in einer Hungergeschichte aus dem Krieg war, als die Millie laut kreischend mit dem versauten Vanilleeis in den Garten zurückgekommen war. Der Tschortsch, weil er aus unerfindlichen Gründen mehr um die Tante Millie besorgt war als um sein Töchterchen. Und ich, weil ich meine fünfzig Euro verzockt hatte, außerdem das Gwenni-Gelübde wackelig wie ein Turm aus Bierdeckeln war und weil ich Lucys Zimmer, das Epizentrum des Schokoladenvulkans, betreten hatte und es ziemlich cool, also eigentlich ziemlich *hot* fand. Und im Gegensatz zu der Rauferei mit dem Pelzermax und den beiden Wanzen-Gorillas hatte die Rauferei um das Kirschkernkissen Spuren hinterlassen. Nein, keine Einschusslöcher von den Kernen, sondern es war mehr was Seelisches. Und wahrscheinlich der Grund dafür, dass ich in Lucys Chaos-Kammer so lange auf Knien nach diesen winzigen Kernen gesucht habe, bis ich das Kissen wieder halb damit füllen konnte. Und ich bildete mir ein, dass in dem Schokoladenspringbrunnen in Lucys Gesicht tatsächlich etwas geglitzert hatte. Also erst vor Trauer und dann vor Rührung.

Der Tschortsch hatte noch ein langes Gespräch mit der Tante Millie gehabt. Wahrscheinlich haben sie bei dieser Gelegenheit ihren Plan für den nächsten Tag ausgebrütet: einen gemeinsamen Ausflug! Auf den Berg!

Ich musste an den Huberleon und den Meierfabian denken, die einen Flunsch gezogen hatten bei dem Thema ›Berg‹. Ja, auch ich schaute mir die Berge lieber von unten an. Tante Millie aber meinte, dass uns Bewegung fehlen würde. Und der Tschortsch müsste sich doch die Gegend wieder »erlaufen«, nachdem er so lange weg gewesen war.

Ich hatte keine Ahnung, warum jemand, der zwischen Grand Canyon und den Wüsten von Nevada schon ganz andere Abenteuer erlebt hatte, nun unbedingt auf einen Voralpenbuckel namens Hochberg musste, aber bitte schön. Heute war nicht der Tag, um durch vorlaute Fragen aufzufallen.

Tante Millies Stirnfalte war immer noch recht lang, als sie die Brote für den Ausflug schmierte und sich beim Blick in den Eisschrank darüber aufregte, dass der noch viel zu unvegetarisch war. Wie gesagt, bis dahin hatte ich gar nicht gewusst, dass wir jetzt fleischlos tickten.

Seltsamerweise machte es mir nichts aus, dass wir schon wieder mit unseren neuen Nachbarn abhingen. Als hätten die Kirschkerne meinen Widerstand gebrochen.

Die Oma sollte auch mit, und zwar würde sie mit der Seilbahn auf den Berg fahren und oben am Gipfel auf uns warten. Ich hielt das für eine steile Idee und schloss mich innerlich sofort der Oma an. Warum laufen, wenn's auch so ging.

»Here we are!«, tönte es vor der Haustür, zehn Minuten vor dem verabredeten Zeitpunkt. Ich saß noch auf dem Klo, und die Tante Millie panikte im Bad herum, weil sie irgendeinen Abdeckstift nicht finden konnte. Der Karl sprang laut kläffend an der Tür hoch, und die

Oma hatte vergessen, warum sie die Bergschuhe anziehen sollte. Kurz, die neuen Nachbarn brachten unser Leben mal wieder ganz schön durcheinander.

Als ich in Turnschuhen endlich auch vor die Tür schlappte, sah mich Lucy entgeistert an. *»What's that?«* und stieß den Finger wie ein Seeadler über dem Fischschwarm in Richtung meiner Zehen.

»Na, Turnschuhe werden reichen, wenn wir mit der Gondel fahren, oder?«

»Gondel, bist du *silly?* Ich dachte, wir machen einen Wettlauf, wer zuerst am Gipfel ist?«

»Ähm ...« Das gab's doch gar nicht, ich hatte schon wieder Sprechwüste.

»*Come on,* zieh dir richtige Schuhe an, ich habe keinen Bock, dich ab der Hälfte zu tragen!«

»Ähm ...«

Dann mischte sich auch noch die Tante Millie ein: »Ben, wirklich, die Oma schafft das recht gut alleine, und du musst endlich deine Faulheit überwinden!«

Dieses Gespräch nahm ganz die falsche Richtung. Lucy und Millie hatten, als wären sie Zwillinge, die Arme in die Seiten gestemmt und ihre Stirn in Falten gelegt. Zwei Frauen – eine Geste; das musste ich mir merken, denn ich brauchte definitiv eine Geste, mit der ich punkten konnte.

Keine fünf Minuten später saßen wir ein wenig gequetscht in Millies Auto und gondelten dem Hochberg entgegen. Die Millie nahm eine Abkürzung, und ehe ich's mich versah, waren wir auf der Straße, die zum Krötenhighway werden sollte. Hätte werden sollen, bis zu dem Protest und dem Baustopp. Ich stieß die Lucy in die Seite, die praktischerweise neben mir saß. Also fast auf mir, weil wir uns ja zu dritt mit der Oma die Hinterbank teilen mussten, während vorne der Tschortsch der Millie erklärte, wie viel leichter sie sich mit einem Automatikgetriebe tun würde. Auch auf dem Ischenberg.

Der Karl lag quer über uns Hinterbänklern und vergrub seine Schnauze in Lucys braunem Filzjäckchen, das so eine Mischung aus indianisch-bayerischem Folkloredings war und für den Karl wahrscheinlich verführerisch nach Schaf roch.

Die Lucy hatte mein Anstupsen richtig verstanden und starrte aus dem Auto. Am Straßenrand wechselten sich die Schilder der Krötenliebhaber und die der Krötengegner ab. *Fortschritt Alpenraum* hatte ganz offensichtlich mehr Geld als die *Amphibienfreunde.de.* Auf den viel größeren Plakaten der Krötengegner sah man einen dramatisch leuchtend roten Neandertaler Kröten auf dem Handteller spazieren tragen. Die Überschrift lautete:

»WER NUR DIE NATUR LIEBT, SOLL ZURÜCK AUF DIE BÄUME!«

Die Krötenliebhaber hatten in allen Regenbogenfarben Frösche gemalt, die ungefähr wie die auf meinem gemalten Flugblatt aussahen, und darübergepinselt: »Die Welt ist bunt und ruht auf dem Rücken der Kleinen! Krötenhighways verbinden die Welt.«

Ich hatte das Gefühl, dass hier werbemäßig noch Luft nach oben war. Die Gegner mit ihren knallroten Neandertalern hatten deutlich mehr Wupp als die *Love & Peace*-Frösche.

»Oh, Tschortsch, *look,* das ist diese Krötensache, von der ich dir erzählt habe!« Lucy lenkte ihren Vater vom Versuch ab, der Tante Millie beim Schalten zu helfen.

»Entschuldige, Lucy, ich habe nicht aufgepasst ... Was meinst du?«

»Da schau, die boykottieren den Bau des Kröten-Highways!« Der Tschortsch fuhr sich durch die langen Haare und vergaß den Gang reinzulegen, weshalb das Getriebe scheußlich krachte und die Tante Millie selber schalten wollte. Gleichzeitig ist die Hand vom Tschortsch auch auf den Schalthebel gesaust. Ich glaube, dem Tschortsch war der Kröten-highway gerade herzlich wurst.

»Du hörst überhaupt nicht zu, Tschortsch, das ist total *important!*«

Tschortsch bemühte sich dann, für den Rest der Strecke der Geschichte rund um den Ausbau der Straße bzw. dem Ausbau des Kröten-Highways zu folgen. Aber irgendwie war die Lucy von seinen Antworten enttäuscht.

»Wo ist dein Kampfgeist, Dad? Wir haben doch damals bei den Navajo-Indianern auch geholfen, dass sie die Gelder für das Reservat bekamen!«

Ich konnte ja auf der Rückbank, eingequetscht zwischen Karl, Oma und Lucy, nicht so recht in Lucys Augen gucken, aber ich war mir ziemlich sicher, dass aus den Schokokullern mächtige Blitze fuhren. Alle direkt in den Hinterkopf ihres Dads. Als Vater der Lucy hatte man's auch nicht leicht. Und, Mann, war ich froh, dass diese Blitze dieses Mal nicht MICH trafen. Aber vielleicht war dem Tschortsch ›diese Krötensache‹ einfach zu klein, ich meine, wer schon ganze Volks-stämme gerettet hat, der hat vielleicht mehr das große Ganze im Auge statt kleine Glibberkröten an einem oberbayerischen Gebirgssee?

Kaum am Parkplatz angekommen, veränderte sich Lucys Laune schlagartig.

Wie angestochen ist sie aus dem Auto gesprungen. Rucksack drüber, und schon war sie losgerannt, immer dem Schild nach, *Hochbergalm, 2 Stunden.*

Ich hinterher. Allerdings ohne Rucksack, den hatte ich in der Hektik vergessen. Ich rief dem Rest der Familie noch zu: »Sehe euch oben«, und schon stach ich im Laufschritt der Lucy hinterher.

An der 27. Kurve holte ich sie ein. Nicht, dass sie außer Atem gewesen wäre, aber ein bisschen hatte sich ihre Wut abgelaufen.

»Warte doch, Lucy, Mensch, du musst doch keinen Geschwindigkeitsrekord aufstellen, der Berg steht ja schon ein paar Millionen Jahre, der läuft nicht weg!«

Ganz so flüssig klang das natürlich nicht, was ich der Lucy hinterherkeuchte, eher so wie »Wartechluhucie w i r schm u ... h ... us ... en ... t ... dch ... kein Gschwgktsrkrd ..... fstllenderberg ... Millionen ... laufnichwg!«

»Was?« Lucy blieb abrupt stehen, ich konnte nicht schnell genug bremsen und lief auf sie drauf. »Wie schmusen?« Sie stieß mich weg.

Ich verstand überhaupt nichts mehr. Außerdem war ich saumäßig außer Atem und japste nach Luft und dann nach Wasser. »Wasser!« Lucy betrachtete mich und meinte trocken: »Du bist schlecht ausgerüstet für den Berg! Keine Kondition, kein Rucksack, echt jetzt!«

Ich war nicht in der Verfassung, ihr zu sagen, dass ich ihr nur hinterher bin, weil sie so kopflos davongestürzt war. Stattdessen musste ich nun Spott über mich ergehen lassen.

Meine frisch erwachte Sympathie für die Schoko-Lucy fiel in sich zusammen. Was hatte mich geritten, auf Knien Kirschkerne zusammenzuklauben? Ihr hinterherzurennen?

Wir würden niemals Freunde werden, was aber auch egal war, denn ich würde bei dieser Bergtour mit ziemlicher Sicherheit den Gipfel nicht lebend erreichen. Lucy war davongestürzt mit dem Rucksack, mit der Wasserflasche und einer schwarzen Wolke über dem Kopf.

DER ROSA RIESE

Als wir endlich den Gipfel erreicht hatten, saß dort schon die Oma ganz friedlich, mümmelte ein Butterbrot und guckte auf den Chiemsee, der tausend Meter unter ihr in der Sonne glitzerte.

Ich für meinen Teil habe auch geglitzert, aber vor Schweiß und Wut. Die Lucy dagegen sah aus wie ein frisch gepflückter Apfel und schien kein bisschen aus der Puste.

Kurz drauf trudelten auch die Tante Millie, der Tschortsch und der Karl ein, alle weit weniger außer Atem als ich. Es musste an der Lucy liegen. Wahrscheinlich hatte ich mich einfach zu sehr aufgeregt. Und dann der Wassermangel!

Ich hing an der Wasserflasche, die mir die Tante Millie gereicht hat, als hätte ich die Wüste Gobi durchquert und die Sahara gleich mit dazu.

Dann streckte ich mich auf der Almwiese aus und glotzte in den Himmel.

Warum konnte ich jetzt nicht einfach chillen? Sogar den Huberleon und den Meierfabian würde ich dabei akzeptieren. Einfach dumm schauen und den lieben Gott einen guten Mann sein lassen, wie die Oma immer sagte.

Kaum hatte ich es gedacht, fing die Lucy an, frisch gestählt von einem Gurkensmoothie, den Krötenhighway auf die Tagesordnung zu setzen.

»Tschortsch, erklär mir mal, was das für eine fiese Nummer ist, den Tod von Kröten in Kauf zu nehmen für eine große, fette Straße? Und wieso geht denn nicht beides?«

Der Tschortsch kratzte sich am Kopf.

»Lucy, es ist überall auf der Welt dasselbe Prinzip. Ich hab's dir doch damals in den Everglades am Beispiel der Alligatoren dort erklärt!« Er guckte ein wenig so, als würde ihm sein Töchterchen manchmal ganz gehörig auf den Stissel gehen.

»Mit der Straße ist es ja nicht getan, der will vermutlich das ganze Gebiet trockenlegen und irgendein Industriedingens hinbauen. Sagtest du nicht was von einem Sägewerk? Ansonsten macht ja eine neue Straße auch gar keinen Sinn. Dazu wird er den Teich trockenlegen lassen, und dann braucht er auch keinen Krötenhighway mehr. Und vermutlich hat er den umliegenden Gemeinden versprochen, Arbeitsplätze zu schaffen und die Infrastruktur anzukurbeln. Damit hat er die Politiker und die Wirtschaftsverbände auf seiner Seite, und die sind zusammen weit mächtiger als ein paar Idealisten, die sich für hässliche Amphibien starkmachen. So einfach ist das!«

Aha, ich hatte nur Bahnhof verstanden. Und die Sache mit den Alligatoren in den Everglades war wohl schon wieder so ein Weltretterprojekt zwischen den beiden gewesen. Kein Wunder, dass der Tschortsch so gelangweilt reagierte, wenn's nur um kleine Kröten und einen kleinen Teich ging.

»Aber das kann man nicht zulassen, Tschortsch. Was können wir nur machen?« Lucy, die Schokoladenrachegöttin, hatte ihren finstersten Blick angenommen. 100 Prozent Bitterschokolade, mir lief ein Schauer die Arme runter, aber auch weil hier am Gipfel ein steiles

Lüftchen wehte und ich ja meinen Rucksack mit allem Drum und Dran im Auto gelassen hatte.

»Lucy, im Augenblick, und ich meine im Augenblick, sitzen wir an einem der schönsten Plätze der Welt und machen einen Ausflug mit Freunden!« Tschortschs Stimme hatte eine Färbung angenommen, die ich so an ihm noch nicht kannte. Um es ehrlich zu sagen, schwang da ein »Halt einfach mal die Klappe« mit. Wie konnte ich ihn verstehen!

Da legte auch schon die Tante Millie mit einem Lächeln wie Kaiserschmarrn mit Apfelmus die Hand auf den Arm unsres neuen Nachbarn.

»Ich find's toll, wie sich deine Tochter engagiert! Das sollten mehr Jugendliche so machen!« Dabei sah sie mich scharf an.

Ich hätte abkotzen können. Ich, der schon Flugzettel gemalt und verteilt hatte, als diese Lucy noch amerikanische Sumpfkrokodile gerettet hat, musste mir bestimmt gleich einen Vortrag über Engagement anhören.

»Ähm ...« Mir fielen einfach keine Worte dazu ein. Das konnte doch nicht wahr sein, ich hatte ein stressanfälliges Sprachzentrum, und meine Tante Millie konnte ungestört weiterquatschen.

»Das ist doch wirklich ein schönes Beispiel, sich mit dem Thema ziviler Widerstand zu beschäftigen. Da sollen sich der Ben und die Lucy mal überlegen, wie man mit friedlichen Mitteln gegen diese Verbrecher vorgehen könnte!«

Der Tschortsch nickte sichtlich zufrieden. Zum einen, weil das Thema für heute vom Tisch war und weil die Millie so selig guckte.

Ich beamte mich weg. Malte mir eine saftige Abreibung für die Krötengegner aus. Sah mich schon als Anführer einer Demonstrationsgruppe. Wir hatten Transparente dabei, superprofessionell gemalt, also Kröten, die man auch als solche erkennen konnte. Hinter mir ein Pulk aus Hunderten von Straßenbaugegnern und Krötenfreunden. Neben mir die Lucy in einem erdkrötenbraunen Rock ...

»Ben, Ben, aufwachen!« Lucy schüttelte meinen Arm tot, so wie der Karl das Kirschkernkissen. Konnte man denn keine Sekunde in Ruhe von einem Heldenleben träumen?

Ich richtete mich auf.

Die Lucy wedelte in Richtung Abgrund an der Gipfelwestseite und legte den Finger zum »Pssst« an die Lippen. Passte gar nicht zu ihr. Ich richtete mich noch ein wenig mehr auf und sah drei ungeschlachte Knalltüten am Rand des Abgrunds herumkaspern.

Der eine hatte ein Zelt an, und die beiden anderen trampelten wie Neandertaler hinter ihm her. Ich musste unweigerlich an das Plakat der Krötengegner denken. Bis mir einfiel, an wen mich das Trio noch erinnerte. Der Pelzermax und seine beiden Wanzen. Kurz bevor das Trio wahrscheinlich in die Schlucht gefallen wäre, stürmte allerdings ein Riese heran. In einem rosafarbenen Polohemd und knallrosa Bermudas und wenig Haaren. Eine dicke goldene Uhr blitzte auf, als der riesige Fleischkäse die Hand hob. Trotz der Entfernung konnte man das Klatschen der Ohrfeige im Gesicht vom Pelzermax hören.

»Kinder darf man nicht schlagen!«, sagte die Lucy, und ich hätte ihr gern recht gegeben, aber im Fall vom Pelzermax war ich anderer Meinung. Gut, wenn der mal eine aufs Maul kriegte, und wenn man es nicht selber machen musste, umso besser.

Deshalb war es doch recht interessant, wer der rosa Fleischberg war, der dem Pelzermax eine geklebt hatte. Das Dreamteam aus Pelzermax und den beiden Wanzen latschte jetzt bedröppelt hinter der Fleischmütze her. Bemerkt hatten die uns nicht, was wirklich ein Segen war. Wer weiß, was sie mit Mitwissern dieser peinlichen Situation machen würden?

»Waren das nicht diese drei Typen, die deine Oma, der Karl und ich ausgeknockt haben?« Lucy schirmte mit der Hand ihre Augen ab und schaute den Monstern hinterher.

»Hm ...« Ich war eigentlich noch nicht so weit, der Lucy ihr Wichtigtuergeplapper und den Wettlauf zu verzeihen. Und an die Sache mit der Rettung an meinem Gartenteich wollte ich nicht wirklich erinnert werden.

»Du, Ben, was hältst du von einem Wettlauf den Berg runter?«

Ich hatte mich wohl verhört? Gerade noch war sie bei Kröten, Politik, Kinderrechten und ungeschlachten Bergriesen, und schon wechselte sie das Thema!

»Ähm ...«

»Super, komm, dann geht's los, vielleicht leiht dir die Oma ihren Rucksack, sonst sind es ja ungleiche Bedingungen. Tschortsch, wir gehen schon mal vor, ihr könnt euch ja noch Zeit lassen!«

Täuschte ich mich, oder hatte sie ihrem Vater zugezwinkert mit Blick auf Tante Millie?

Ich sah mich Hilfe suchend zur Oma um; die war aber inmitten der Bergwiesenblumen eingeschlafen und schnarchte friedlich vor sich hin. Ich hatte verstanden, wir störten.

OHNE BEINE

Ich muss nicht erwähnen, wie der Wettlauf ausgegangen ist. Die Lucy hat auf der Kühlerhaube unseres Autos gesessen, als ich eine geschlagene dreiviertel Stunde später mit zwei aufgeschürften Knien und zwei Blasen unter den Rucksackgurten bei ihr aufgeschlagen bin. Gesagt hat sie nichts, außer: »Der Tschortsch ist auch Personal Trainer, wenn du mal einen brauchst ...!«

Ich wollte gar nicht darüber nachdenken, was der tolle Tschortsch noch alles konnte. Wer Krokodile und Indianer rettete, mit dem konnte ich kleiner Krötendödel nicht mithalten. Wenn diese Lucy alle Männer an ihrem Vater maß, dann fühlte es sich gar nicht mehr so schlimm an, dass ich beim Wettlauf gegen sie verloren hatte. Man konnte ja nur verlieren. Sogar meinen Status als Krötenretter hatte ich schon verloren, weil Lucy das Projekt an sich gerissen hatte. Und weil ich niemanden in meine Flugblattaktion eingeweiht hatte und es nun so aussah, als würde ich nur wegen der Lucy mitmachen.

Meine Laune war dann die ganze Rückfahrt über im Keller. Und daran hatte sich bis zum nächsten Morgen nichts geändert. Hinzu kam, dass ich selbst liegend im Bett das Gefühl hatte, als wären meine Beine mit Silikon ausgegossen. Die beiden Wettläufe hatten Spuren hinterlassen. Und ich wusste besser denn je, warum ich mir Berge am liebsten von unten anguckte.

»Ben, komm, Frühstück gibt's!«

Tante Millies Stimme schallte durchs Haus, ich hörte schon die Oma mit den Gießkannen klappern, und draußen quakten ein paar Frösche aus dem Miniaturdschungel.

»Gleich!«

»Nix gleich – jetzt! Die Sonne scheint!«

Als ob mich das hätte locken können.

»Und die Lucy ist auch schon da!«

Was??????

Ich sprang aus dem Bett und fiel sofort um. Keine Beine mehr. Muskelschwund über Nacht. Ich sah mich schon auf Krücken oder, noch schlimmer, auf einen Rollator gestützt. Kein schöner Anblick.

»Die Lucy will mit dir eine Besichtigung machen!« Tante Millies Stimme hatte so was Gekünsteltes. »Mit dem Fahrrad!«

Sie sagte das, als ob es etwas ganz Exklusives wäre. Allerdings konnte ich mich mit der Fahrradidee tatsächlich mehr anfreunden, denn dabei konnte man sitzen.

Ich humpelte zur Tür, wollte mir im Gehen Jeans und T-Shirt schnappen, aber dann dämmerte mir, dass ich beides gestern in meinem Zorn und meiner Erschöpfung als Knödel im Bad liegen gelassen hatte.

Jetzt konnte ich nur hoffen, dass diese Lucy schön brav im Garten saß und nicht hier im Haus herumgeisterte, um irgendetwas zu retten. Ich hatte eine Sponge-Bob-Unterhose an, die mir viel zu klein war. Die Oma hatte sie von früheren Besuchen aufgehoben. Und es war eine Notlösung. Denn leider hatte sie gestern vergessen, wo sie meine frisch gewaschenen aktuellen Klamotten hingeräumt hatte. Und ich war zu erschöpft gewesen, um danach zu suchen. Jetzt wollte ich nur schnell Zähne putzen und aufs Klo. In aller Ruhe.

»Bennibub, die Millie ruft dich!« Jetzt auch noch die Oma.

»Jaha, hab's gehört!«

»Benni, wo hab ich denn meine Brille?«

Mensch, Oma.

»*Grandma,* ich hol dir die Brille!« Lucys Stimme schallte in mein Ohr. Seit wann nannte sie Oma *Grandma?* Grändma! Und seit wann war Schoko-Lucy für die Brille meiner Oma zuständig? Und wieso hörte sich die Stimme an, als ob Lucy gleich vor mir stehen würde?

»Hi, Ben, bist du okay?« Lucys Schokoaugen fixierten mich von oben bis fast unten. So, als hätte ich den Muskelkater wie einen Anzug an. Bei SpongeBob blieb sie hängen. Ja, SpongeBob prangte ganz vorne auf der Hose, neben seinem Kumpel, dem Seestern, und beide lächelten grenzblöd aus meiner edelsten Mitte, die nur knapp bedeckt war, weil mir die Hose gepasst hat, als ich noch zu klein für den Teich war. Lucy lächelte auch, aber weniger blöd, sondern mit so einem irren Schalk in den Augen.

»Du hast ein Händchen für Unterwäsche, *Benniboy*, möchtest du deiner *Grandma* die Brille bringen, ich warte so lange draußen, bis du angezogen bist.«

»Du kannst ›Grändma‹ die Brille selbst bringen, denn ich geh mal meinen Astralleib baden, wenn du erlaubst!«

Ich schob sie zur Seite und wollte beherzt ins Bad, leider machten meine Beine, was sie wollten. Nämlich nichts. Muskelkater der ganz bösen Sorte. Lucy beobachtete belustigt mein Taumeln und schließlich mein Fallen.

Der Karl witterte eine lustige Rauferei und stürzte sich auf mich, als hätten wir uns ein Jahr nicht gesehen. Dabei hat er mir mit seinen spitzen Krallen ein kompliziertes Muster in Bauch und Brust geritzt, das höllisch wehtat.

Ich fuchtelte herum. Einmal, um wieder hochzukommen, und dann, um den Karl abzuschütteln. In der Zwischenzeit hatte sich die Anzahl meiner Zuschauer auf drei erhöht, denn der Huberleon und Meierfabian standen beide mit prall gefüllten Picknickkörben neben der Lucy und grinsten unter ihren Bergwerksstollenfahrradhelmen hervor.

»Servus, Ben! Wir wollten fragen ...« Der Huberleon kam nicht weiter mit seiner Fragerei, weil er so ablachen musste.

Der Meierfabian knibbelte schon wieder an irgendwas herum und war auch keine Hilfe.

Plötzlich streckte sich mir eine schmale Hand entgegen. »*Come on, Benniboy*, in fünf Minuten bei den Rädern, die beiden Helden hier dürfen mit, wir fahren zum Krötensee, die Lage checken!«

Mit einem Ruck und einem Reißen in allen meinen Muskeln hatte mich die Lucy wieder auf die Beine gestellt.

»Autsch!« Ich konnte meine Muskelfasern alle einzeln jaulen hören.

»Ich mache Aikido, da lernt man so was!«

Sie zupfte sich ein paar Flusen vom Ärmel, als ob das Hochziehen von Muskelkaterpatienten ihre leichteste Übung wäre.

»Hä? Ich denke, du machst Boxaerobic?«

»Ja, auch, und eine Zeitlang hab ich auch *Freeclimbing* gemacht, deshalb hab ich so viel Kraft in den Händen!«

Ich atmete hörbar. Meine sportlichen Tätigkeiten beschränkten sich auf drei halbherzige Versuche vom Dreimeterbrett im Gumpala und gelegentliches Herumkicken von Bällen aller Art.

»Trink Magnesium, das hilft!« Lucy rauschte ab, die beiden Milchbubis im Schlepptau.

Und ich blieb zurück mit dem unguten Gefühl, dass auch dieser Tag nicht dazu beitragen würde, mich als der strahlende Krötenretter zu präsentieren. Lucy Grandel hatte die Herrschaft über mein Territorium übernommen, selbst die beiden Babyspacken machten, was sie wollte.

Ich schloss mich im Bad ein mit dem festen Vorsatz, nie wieder herauszukommen.

JEDE MENGE BRAUNTÖNE

Bis zum Krötensee waren es keine drei Kilometer, aber es waren die schwersten drei Kilometer meines Lebens. Diese Bergtour und die Wettlauf-*Challenge* hatten mich in einen alten Mann verwandelt.

Alles hat eine Farbe,
auch der Muskelkater,
er ist braun und
knallt rein,
vor allem ins Bein.

Was sieht aus wie flüssige Schokolade?
Was liebt Krokodile
und den dummen Karl?
Was weiß alles besser

und hat auch noch recht?
Was trägt Klamotten
aus Samt und Fransen?
Was klebt wie eine Klette am Bein?
Das kann doch nur die Lucy sein.

So hatte ich es letzte Nacht in mein neubuddhistisches Notizbuch geschrieben, das nun in meiner Hosentasche steckte, weil ich bei dem hektischen Aufbruch vorhin vergessen hatte, es in sein Versteck in meinem Zimmer zurückzulegen.

Ich war nicht mehr ich, der gechillte, in sich ruhende Ben von Stribbern, sondern ein Stück schmerzende Muskelmasse ohne eigenen Willen. Denn, bitte, wer hatte mir zu sagen, dass ich heute einen Lokaltermin beim Froschteich hatte? Nur weil *Miss Chocolate* offensichtlich Langeweile hatte und jemanden zum Herumscheuchen brauchte. Sollte sie doch die beiden Milchbubis herumkommandieren. Die waren froh, wenn ihnen jemand sagte, wo es langging.

»Ben, komm, bisschen schneller, du Schnecke!«

Der Huberleon zeigte ein Zahnspangengrinsen und radelte vor und zurück wie ein Hütehund, der die Herde zusammenhalten will.

Ich musste vorsichtig in die Pedale steigen, um nicht bei jedem Tritt vor Schmerzen aufzuheulen. Zum Krötensee waren es, wie gesagt, keine drei Kilometer, allerdings alle bergauf.

Unnötig zu sagen, dass die Lucy schon völlig relaxt auf einer Bank am See saß, als wir ankamen.

»Mega *amazing* hier!«

Sie kaute auf den Enden einer braunen Locke, die sich unter ihrem Stirnbändchen gelöst hatte. Karamellbrauner Stoff mit schwarzen Totenköpfen drauf. Dazu ein paar ziemlich vogelwilde Röcke in unterschiedlichen Längen und Brauntönen und ein tabakbraunes Flatterdings mit Flatterärmeln und Schnürchen an Ärmeln und Ausschnitt. Die Füße steckten in Ledersandalen. Lucy sah aus wie eine Mischung aus Rockerbraut und Indianersquaw.

Neben ihr im Gras lag das Fahrrad. Keine Ahnung, wie sie mit dem altersschwachen *bycicle* und den vielen Röcken so schnell hier hochgeradelt war. Dieser Drahtesel wurde von Aufklebern zusammengehalten. Atomkraft? nein danke, *Peace*-Zeichen, Friedenstauben,

Regenbögen und eine Girlande aus Plastikblumen, die sich um Lenkstange und Gepäckträger wickelte.

Ich warf mein Fahrrad daneben und ließ mich mit einem Ächzen ins Gras plumpsen, denn der Huberleon und der Meierfabian hatten schon neben der Lucy auf der Bank Platz genommen. Hier lief mächtig was schief, wenn ich unten saß und alle andren oben. Höchste Zeit, einmal eine Ansage zu machen. Aber als ich den ersten Krächzer von mir gegeben hatte, weil ich zum Muskelkater auch noch ganz schön aus der Puste war, hielt die Lucy wieder ihren Zeigefinger vor den Mund.

Sie hatte doch nicht schon wieder das Dreamteam von gestern erspäht? Ich schaute in Richtung ausgestreckter Zeigefinger. Zielpunkt ungefähr fünfzig Meter entfernt, im Schilf. Der Huberleon und der Meierfabian glotzten beide mit offenen Mündern. Beim Zielpunkt stand ein Reiher und suchte sich sein Frühstück, Krötenblubber und Fischlaich. Aus dem Schilf quakte ein Froschkonzert.

Im hohen Gras, das um den Froschteich stand, sah man vier braune Ohren ragen, und schließlich stakste eine Rehmutter mit ihrem Kind aus dem schützenden Grün.

Einige mir völlig unbekannte Falter ließen sich direkt vor unserer Nase auf den bunten Blumen einer Sumpfwiese nieder.

Es war absolut nichts zu hören außer Quaken, Zwitschern, dem Ruf eines Kuckucks und dem Rascheln verschiedener Kleintiere.

»Das wird es alles bald nicht mehr geben!«, ich hatte meine Sprache wiedergefunden, »wenn wir nicht bald etwas unternehmen. Und damit meine ich nicht nur eine müde Flugblattaktion!« Lucy, der Meierfabian und der Huberleon sahen mich fragend an. Und ich war ziemlich stolz drauf, dass ich meine Flugblattaktivität zur Sprache bringen konnte, aber sie auch gleichzeitig wieder nicht ganz ernst nahm. Mit Selbstironie konnte ich es vielleicht schaffen, wieder ein wenig Oberwasser zu bekommen.

»Wir werden eine Demo veranstalten!«, entfuhr es mir ein wenig zu laut. Das war wieder ganz der alte Stribbern. Anscheinend hatte ich bei Omas Geschichten ziemlich gut zugehört. Es fühlte sich gut an. Allerdings nur für einen Moment, denn Rehmama und Rehkind flitzten aus dem Bild. Und mir tat es ein wenig leid um die Stimmung.

Aber die Lucy war über ihren meditativen Moment schon wieder hinweg.

»Und dazu brauchen wir eindrucksvolle Fotos!«, rief sie und kramte aus den Untiefen ihrer Röcke ein Smartphone.

Sie nestelte an der Fotoeinstellung rum. Dann setzte sie langsam Fuß vor Fuß, um näher an den Teich und den Reiher ranzukommen. Sie hatte sogar daran gedacht, das Handy auf tonlos zu stellen, um völlig geräuschlos ihre Beweisfotos zu schießen.

Ich hatte noch nicht alle Schwüre gebrochen: Das Handy hatte ich noch nicht wieder hervorgeholt. Vielleicht würde ich dann wenigstens fünfundzwanzig Euro von den fünfzig bekommen.

Jetzt aber ärgerte ich mich. Zum einen, weil Lucy den Gedanken mit den Beweisfotos gehabt hatte. Zum andern, weil sie ein Handy dabeihatte, und zum dritten, und das war eigentlich der wirklich beunruhigende Teil an der Sache, hätte ich was drum gegeben, auch Fotos machen zu können. Lucy auf dem Bauch in Sumpfwiese. Lucy vor Froschteich, Lucy beim Fotografieren.

Ich schreckte ziemlich hoch, als ebenjene Lucy mit einem Winken andeutete, wir sollten ihr folgen. Und was taten wir? Robbten ihr folgsam hinterher, durch die Wiese. Mich wunderte, dass die beiden Milchbubis das überhaupt ohne Schutzanzug mitmachten. Aber anscheinend war nicht nur ich ziemlich hilflos gegen Lucys Spielregeln, die den beiden Nachwuchshelden lauter lateinische Namen zuflüsterte.

»Trollius europaeus, Polygonum bistorta, Lychnis flos cuculis, Chaerophyllum hirsutum ...«

Diese Schokobraut kannte jedes Gras und jedes Blümlein, das sie jetzt niederrobbte. »Trollblume, Wiesenknöterich, Kuckuckslichtnelke, Behaarter Kälberkopf ... Vorsicht, hier ist auch noch eine Kohldistel.«

Für uns Popcornhirne hatte sie auch noch die deutsche Bezeichnung parat, ich hätte weder die eine noch die andere gewusst.

Es fühlte sich für mich nicht gut an, hinter einem sprechenden Lexikon durch die Wiese zu krabbeln. An meiner Führungsposition musste ich noch arbeiten. Und an mein Gwenni-Gelübde sollte ich auch mal wieder denken. Gwenni, Gwenni, Gwenni ... aber irgendwie lenkte mich diese allwissende Schokobraut total ab ...

Wahrscheinlich beherrschte der Tschortsch zu allem auch noch die Kunst des Gedächtnistrainings. Und hatte es mal als Erstes an seinem Töchterchen getestet, das irgendwas von Gedächtnispalast faselte, in dem man sich alles im Handumdrehen merken könnte.

Plötzlich verstummte die Lucy und deutete in eine Richtung, in der ich nichts als Grün erkennen konnte.

»Da vorne!«

»Ich seh nix!« Dem Meierfabian war sein Fahrradhelm beim Robben durchs Gras über die Augen gerutscht.

»Mich hat was gestochen!« Der Huberleon jammerte derart babyhaft, dass ich mir fest vornahm, ihn bei der Demo zu Hause zu lassen.

Die Lucy hatte inzwischen eine stocksteife Haltung angenommen. Passte gar nicht zu ihr, bei der immer irgendwas klimperte, flatterte, baumelte.

Ich hatte zu ihr aufgeschlossen. Und konnte nun erkennen, warum sie so stocksteif in der Landschaft kniete: Vor uns lag ein Sumpfgürtel, der den ganzen See umschloss. Vogelnester lagen darin, geschützt auf abgestorbenen Baumstümpfen und kleinen Inseln aus Zweigen und Moosen.

Keinen Meter vor uns schlängelte sich eine rabenschwarze Verwandte von der Wilma durchs Wasser.

Die Lucy raffte ihre vielen Röcke, und ich flüsterte dem Huberleon und dem Meierfabian ein »Obacht, Krokodile von rechts!« zu.

Der Meierfabian, der Feigling, schreckte natürlich hoch, schubste mich dabei, ich taumelte vorwärts und fiel in den Sumpf.

Als ich wieder auf sicherem Boden stand, waren meine Hosenbeine dunkelbraun.

»Los, ausziehen!« Die Lucie streifte einen ihrer Röcke ab und hielt ihn mir hin.

»Hä?« Ich glotzte auf den braunen Stoff.

»Ausziehen, ausziehen, ausziehen!«, skandierten der Huberleon und der Meierfabian im Chor.

Von der Idylle und dem Vogelgezwitscher war nichts mehr zu spüren.

Ich nahm den Rock und zog ihn über die Hose, erst dann zog ich sie aus.

»*Come on,* bevor wir hier Wurzeln schlagen!«

Die Lucy und die Bubis stürmten zu ihren Rädern.

Da schallte ein dreifach dreckiges Lachen von der andren Uferseite zu uns herüber.

»Zeit, dass des ois trocken werd!«

Der Pelzermax und seine Wanzen. Ich fasste es nicht.

»Fesche Kutte, Stribbern!«

Schepperndes Gelächter in allen Tonlagen, das Trio war anscheinend geschlossen im Stimmbruch und bester Laune.

Meine drei Begleiter waren schon auf ihren Rädern und hatten die zarten Stimmchen des Trios wohl nicht bemerkt, genauso wenig, dass sie mich, den Sumpfclown, zurückgelassen hatten.

Ich sah die drei Gefährten davonradeln.

Dafür kam das Traumtrio mit den Stimmbrüchen schnell näher und schimpfte in einer Tour.

»Scheißwiesn, varreckte! Stribbern, du Rockzipfelbubi!«

Ich hatte mein Rad fast erreicht, packte die nasse Hose auf den Gepäckträger. Warum hatte ich vorhin mein Fahrrad abgeschlossen?

Ich nestelte am Schloss herum, hielt gleichzeitig den Rock fest und gelangte irgendwie aufs Fahrrad.

»Werst deinen geliebten Kröten immer ähnlicher!« Die Stimme vom Pelzermax war jetzt direkt hinter mir.

Ich ließ den Rock los, der sich augenblicklich ins Kettenblatt fraß und das Fahrrad zum Stillstand brachte.

Als ich hochsah, standen der Pelzermax sowie Wanze 1 und Wanze 2 um mich herum. Alle drei mapften Kaugummis, als wären es Dinosaurierschnitzel.

»Brauchst Hilfe?«

Der Pelzermax machte einen Schritt auf mich zu, und ich hätte gern einen zurück gemacht, aber ich war an mein Fahrrad gefesselt.

Die drei machten wirklich gar keinen guten Eindruck. Mir lief der Schweiß in die Augen, die Sonne brannte, die Mücken stachen.

Es gab nur eine Möglichkeit. Ich musste aus diesem verdammten Rock klettern und wie ein Musketier in

Unterhosen kämpfen. Ich liebte die Musketiere: Porthos, Aramis, Athos oder d'Artagnan.

Ich spürte, wie mir allein der Gedanke an die Helden Kraft gab, und zwiebelte mit einem Ruck den Rock aus dem Zahnrad.

Dann zog ich den Rockbund bis zum Hals hoch, stopfte ihn dort in den Kragen meines T-Shirts und hatte einen original Musketierumhang.

In der Hand hielt ich immer noch mein Zahlenschloss, das ich nun herumwirbeln ließ.

Meine Verfolger wichen zurück. Wie unglaublich toll war das denn? Und dann sah ich im Gegenlicht drei weitere Gestalten in einer Staubwolke den Hügel heraufkommen. Aramis, Athos, Porthos auf ihren starken, schnellen Pferden ... äh, Fahrrädern. Über ihren Köpfen schwangen sie Schwerter. Als sie vor uns hielten, richtete einer der Musketiere das Wort an uns:

»*Peace, boys,* bleibt cool an so einem heißen Tag!«

Wieso redeten Musketiere englisch? Und die Stimmen hatte ich mir auch männlicher vorgestellt.

Ich blinzelte gegen die Sonne. Einer der Musketiere hatte einen Rock an. Die andern beiden trugen Fahrradhelme, na gut, auch Musketiere mussten mit der Zeit gehen.

»Hallo«, piepste es jetzt unter einem der Fahrradhelme, der andre Musketier machte nur den Mund auf und entblößte eine furchterregend blitzende Zahnspange.

»Wer möchte ein Baguette mit Tofusalami?«, fragte der Musketier mit dem Rock.

Wie jetzt? Ich blinzelte durch die Schweißperlen ins Gegenlicht. Die Degen meiner Musketierfreunde waren erstaunlich dick. Bei einem lugte eine Tomatenscheibe heraus, und aus einem anderen tropfte Jogurtdressing.

»Hä?« Meine Stimme krächzte unmusketiermäßig.

»Ben, magst du vielleicht auch ein Baguette?«, säuselte der Rock-Musketier.

Ich sah, wie sich die beiden Wanzen die Lippen leckten. Sogar der Pelzermax war sprachlos bei diesem Auftritt.

Die Sonne stand steil über uns – High Noon.

»Was zu trinken wäre mir lieber!«, krächzte ich. Die Mittagshitze, die Mücken, die drei Dumpfbacken. Heldentum war anstrengend!

Der Pelzermax hatte seine Stimme wiedergefunden.

»Soin des?«

»Wir kommen in friedlicher Absicht und haben euch ein Picknick mitgebracht!« Der Musketier mit der hohen Stimme sah aus wie Lucy.

Es WAR Lucy, dahinter der Huberleon und der Meierfabian, jeder hielt ein Baguette. Lucy stellte ihr Rad ab, kam auf uns zu und gab mir eine Wasserflasche. Lucy mit diesen unglaublichen Schokoladenscheinwerfern – ich musste mich auf meinen Lenker stützen.

»So, wir fahren jetzt alle nach Hause, also jeder in seins!« Lucie übergab die Baguettes den drei Knalltüten.

Und dann nahm sie mir den Umhang ab: »Damit du dich nicht erwürgst!«

Ich radelte unsicher und in Unterhosen hinter dem Huberleon und dem Meierfabian her. Die Lucy folgte mir. Der Abstand zu den drei Spacken wurde groß und größer.

Viel später hab auch ich noch ein Baguette bekommen, als wir alles der Oma erzählt hatten, die immer wieder fragte: »Welcher Perlzermax?« Bis die Lucy den Skrabblekarton geholt und mit den Steinchen den Namen »Pelzermax« auf den Tisch gelegt hat.

»Das machen wir jetzt immer so, *Grandma*, alles, wonach du zweimal fragst, legen wir in Scrabblesteinen auf den Tisch.«

Wieso hatte diese Lucy eine gute Idee nach der anderen, während ich für die Clownsnummern zuständig war?

Da kam der Karl mit einem Ast wie ein Segelmast in die Küche und blieb damit zwischen Anrichte und Herd hängen. Danke, Karl, ich bin nicht der einzige Clown hier.

»Hey, Ben, *look!*« Die Lucy war neben mir auf die Küchenbank gerutscht und hielt mir ihr Smartphone vor die Nase.

Mit meiner Ruhe war es vorbei, denn die Lucy verbreitete einen Duft. Irgendwas zwischen frischem Heu, Zitrone und ein wenig Schokolade. Mir wurde schwindelig, auch weil das Baguette, das mir die Oma noch geschmiert hatte, nun unerreichbar auf dem Tisch lag. Dazwischen waren Lucys Smartphone, Lucys Duft und ihr Grinsen. Ich versuchte ein wenig abzurücken, sie rutschte nach.

Der Karl hat den Ast stecken lassen und ist der Lucy auf den Schoß gesprungen. Zwischen mir und dem Baguette waren nun das Smartphone, die Lucy und der Karl.

Die Oma hatte sich auch noch über das Smartphone gebeugt und meinte: »Das ist doch oben beim Krötensee? Mei, was war ich da mit dem Jokel oft! Einmal, da haben wir ein Picknick gemacht und wären fast von den Mücken aufgefressen worden. Und ein anderes Mal, da hat der Jokel ein Bild von da oben gemalt, das muss noch irgendwo sein.

Vor Wochen war da übrigens mal einer hier an der Tür und hat mich gefragt, was mir der Krötensee bedeutet. Als ob man das fragen müsste. Einfach ein herrlicher Flecken Erde!«

Die Oma schüttelte den Kopf und murmelte was von einem magischen Ort.

Die Lucy und ich sahen uns an. Und dieses Mal waren ihre Augen ohne Blitze, sondern wie zwei tiefe Gebirgsseen, in denen sich Wolken spiegelten. Allerdings Gewitterwolken.

VERSPANNUNGEN

»Der Grasfrosch, *rana temporaria*, kommt in stehenden Gewässern besonders häufig vor; durch Laichwanderungen ist er sehr stark gefährdet, gilt als besonders schützenswert ...« Lucy leierte den Text der Naturschutzhomepage herunter, als wäre das sowieso alter Käse, den jeder Mensch kennt.

»»Eine besondere Art, die vor allem im Süden Deutschlands vorkommt, ist der sog. Springfrosch. Er ist noch kleiner als der Grasfrosch und stark gefährdet bzw. streng geschützt. Das bedeutet, er darf weder gefangen, verletzt noch getötet werden. Ebenso der Teichmolch, *lissotriton vulgaris.*«« Lucy machte eine Pause und scrollte auf ihrem Tablet weiter nach unten. Ich lachte mir ins Fäustchen, denn das Tablet befand sich ja auf ihrem Schoß und wurde von ihr bedient. Mein Gelübde war nicht in Gefahr, und dafür gab es Zeugen.

Es war Abend geworden an diesem denkwürdigen Sonntag, die Tage waren noch lange hell, und der Himmel über uns wurde immer noch von der Sonne angestrahlt. In dem hellrosa bis lilablassblauen Himmelszelt sausten achzigtausend Schwalben um die Wette. Die Luft war zum Niederknien lau, und es wäre der perfekte Abend gewesen, um einfach im Gras abzuhängen, meinetwegen sogar mit dem Huberleon und dem Meierfabian, denn die beiden machten nur den Mund auf, wenn man sie was fragte.

Stattdessen chillten meine Tante Millie und der Tschortsch vor uns auf der Gartenbank, die mein Opa Jokel wohl vor hundert Jahren gezimmert hatte.

Die Oma saß in einem Korbstuhl daneben und hatte eine Decke über den Knien, sonst würde sie das Reißen kriegen, wie sie immer sagte.

Wir, die Lucy und ich, saßen auf den Überresten einer Bank, die vermutlich von Ötzi persönlich gezimmert worden war, so wie die wackelte. Zwischen uns ein runder Gartentisch, auf dem sich Zucchinibratlinge türmten.

Tatsächlich waren unsere neuen Nachbarn schon wieder zum Abendessen bei uns. Tante Millie begründete es mit dem noch fehlenden Kühlschrank bei den Grandels, die Oma hatte eh gern Besuch im Haus, und der Tschortsch hatte wohl noch Redebedarf. Allerdings kam er nicht weit, denn seine Tochter ließ uns alle teilhaben an ihren neuen Erkenntnissen aus dem Internet. Die Familie Grandel besaß schließlich die Vollausstattung digitaler Endgeräte.

»›Erdkröten sind deshalb so häufig, weil sie anspruchslos sind. Sie akzeptieren alle stehenden Gewässer, ob kalkhaltiges wie im Gebirge oder Moorseen. Sie legen ihre gallertartigen Laichschnüre quasi überall hinein, auch in Pfützen. Außerdem sind sie relativ unempfindlich gegen Dünger. Erdkrötenweibchen produzieren 3000 bis 8000 Eier.‹« Lucys Stimme leierte nicht mehr, sie las nun mit deutlich mehr Engagement. »›Doch bevor es zu der üppigen Fortpflanzung kommt, müssen die Erdkröten nach der Winterruhe auf die Reise zu den Laichgewässern gelangen. Bei milden Temperaturen zwischen Februar und Anfang April machen sie sich zu nächtlicher Stunde auf den beschwerlichen Weg. Vor den Laichgewässern patrouillieren bereits die Krötenmännchen, die sofort die Weibchen umklammern. Der Klammerreflex der Erdkröten ist legendär. Was nicht bis drei auf den Bäumen ist, wird fest zwischen die Froschschenkelchen genommen. Die größeren Erdkrötenweibchen tragen dann die Herren ins Wasser. Im Übrigen ist Krötenlaich giftig, das schützt den Nachwuchs vor Fressfeinden.‹« Lucy hatte beim Zitieren den Zeigefinger erhoben und boxte mich in die Rippen. Gerade noch hatte ich so etwas wie Bewunderung für dieses Mädchen empfunden, schon brachte sie mich wieder auf die Palme. Schließlich tat sie schon wieder so, als ob sie das Krötenthema gepachtet hätte.

»Lucy, das weiß doch hier jeder, und die Erdkröte war auch Lurch des Jahres 2012, und wenn die Erdkröte um ihr Leben bangen muss, dann ist alles zu spät, denn die ist echt hart im Nehmen!«

Ich verlor langsam die Geduld mit diesem halbamerikanischen Sonnenschein. Aber uns hörte eh keiner mehr zu: Die Oma tat zwar so, aber ich sah ganz deutlich, dass sie eingenickt war. Der Tschortsch hatte offensichtlich eine neue Sommersprosse auf Tante Millies Nase entdeckt, jedenfalls starrte er ganz intensiv in ihr Gesicht, und die Tante Millie grinste ihre Hände an.

Mir dagegen war nicht nach Grinsen zumute. Einmal nicht, weil mein ganzer Körper verspannt war, zweimal nicht, weil mich die Klugscheißerei der Lucy doch ein wenig aufregte, und dreimal nicht, weil mir der Pelzermax und der Fleischkäse keine Ruhe ließen. Von den Kröten und ihrem Schicksal mal ganz abgesehen.

DAS DURACELL-HÄSCHEN

Ich weiß nicht, wie sie es geschafft hat. Aber mit ihrem ewigen Dazwischenplappern und Vorlesen von irgendwelchen Naturschutzverordnungen hat die Lucy an diesem Sonntagabend jedes andere Thema abgewürgt.

Plötzlich hatte der Tschortsch gar kein Interesse mehr an Tante Millies siebenhundert Sommersprossen, sondern kratzte sich den Bart, während er in einen Zucchini-Burger biss, den die Tante Millie mit einem unheimlichen Aufwand fabriziert hatte, man hätte daneben glatt verhungern können.

Aber Tante Millie, die ja seit drei Tagen Vegetarierin war, wollte wohl Eindruck schinden bei unseren neuen Nachbarn. Der Tschortsch also kratzte sich seinen Hippiebart, und die Millie sah ihm dabei zu.

Die Oma aber machte mir am meisten Sorge, denn sie hatte aufgehört zu dösen und ruckelte jetzt in ihrem Korbstuhl hin und her, als ob es ein Schaukelstuhl wäre.

»Oma, was zappelst du denn so?« Mir machte das Geruckel schon Muskelkater vom bloßen Hinsehen.

»Bennibub, geh einmal ins Haus, rauf in mein Zimmer, hinter der Kommode, da lehnt ein Bild an der Wand, das hat der Jokel mir gemalt, als Andenken an unser schönes Picknick am Krötensee.«

Ich erinnerte mich, die Oma hatte was von einer Mückenplage erzählt. Warum man da gleich ein Bild dazu malen musste, verstand ich zwar nicht, und auch nicht, wieso ihr dieses Bild ausgerechnet jetzt in den Sinn kam, aber ich wollte der Oma ihren Wunsch nicht abschlagen.

Also rutschte ich unter Lucys spöttischem Blick vorsichtig von der Holzbank, verkniff mir ein »Autsch« und humpelte ins Haus.

Keine zwei Minuten später kam ich mit dem Schinken in Öl wieder heraus. Der Opa Jokel hatte offensichtlich eine Vorliebe für den dicken Farbauftrag gehabt: Gräser und Büsche stellte er einfach als dicke Farbklumpen in verschiedenen Grüntönen dar.

Erdkrumen bekamen durch braune Ölfarbenwürstchen Struktur, und die flirrenden Birkenblätter hatte er lässig als gelbe, weiße und hellgrüne Batzen in den Himmel gesetzt. In der Mitte lagen zwei hellrosa Farbknödel, vermutlich der Jokel und die Oma in jung und nackt.

Ich schluckte. Die Oma ohne Omaklamotten, also matschfarbene Baumwollhose und weiße Bauernbluse, mochte ich mir nicht vorstellen. Von Nahem sah das Bild aus wie eine Malerpalette. Von Weitem setzten sich alle Farbtupfen zu einem fröhlichen Sommerbild zusammen.

Das sah ich aber erst, als ich wieder im Garten war und das Bild gegen den Apfelbaum gelehnt hatte, damit alle es sehen konnten.

Dann ließ ich mich wieder neben der Lucy auf die Bank plumpsen, zu viel Bewegung war nichts für den Stribbern'schen Muskelschmerz.

»Das ist ja der Krötensee! *Amazing!*« Lucy hüpfte und klatschte in die Hände, das Tablet hatte sie mir vorher auf den Schoß gestellt. Ich konnte gar nichts dagegen tun. Mein Schwur wurde sozusagen ohne mein Zutun gebrochen, fremdgebrochen.

Wie gerne wäre ich jetzt ein bisschen in den angesagten Netzwerken herumgesurft, hätte mal eben meine Nachrichten gecheckt, mir ein paar Posts angesehen!

»Jetzt schaut euch diese Idylle an. Der Jokel hat ja so was einfangen können wie kein Zweiter, der hätte

Maler werden sollen. Das Bild hat er mir zur Verlobung geschenkt. Ja, glaubt es oder nicht, wir haben uns am Krötensee oben verlobt!« Omas Stimme wackelte ein wenig, als ob sie ein Drops im Mund und eine verstopfte Nase hätte.

Die Lucy klatschte schon wieder in die Hände. *»It's so romantic!«*

Der Tschortsch hatte aufgehört, aus seinem Bart Zöpfchen zu flechten, stattdessen hatte er urplötzlich die Hände von der Tante Millie in den Fingern. Der brauchte auch immer was zum Antatschen, so wie seine Tochter, die mich vor lauter Rührung nun derart in die Schulter kniff, dass ich aufschrie.

»Mensch, Lucy, bisschen mehr Rücksicht auf einen alten Mann!«

»Du bist so unromantisch!« Sie funkelte mich mit Zartbitterschokoaugen an und grinste dazu. Ungemein niedliche Kombi, die ich mir gerne merken wollte, wenn nicht der Tschortsch plötzlich aus seinem Tante-Millie-Rundum-sorglos-Programm aufgewacht wäre.

»Das ist es, *Grandma,* das ist es, damit bekommen wir die Bevölkerung hinter uns!«

Ich verstand gar nichts, vermutlich auch, weil ich noch unter Zartbitterschokolade-Narkose stand.

Sogar die Lucy sah ihren Vater ausnahmsweise verständnislos an. Die Oma sowieso, denn sie hatte schon wieder ein wenig den Faden verloren und konnte sich nicht mehr erinnern, wie das Bild hier in den Garten gekommen war.

»Oma, du hast mich hochgeschickt, um es zu holen. Weißt, Verlobungsgeschenk, Krötensee, Jokel ... Wolltest du noch was sagen?!«

Der Tschortsch war aufgesprungen und hatte nun das Verlobungsbild vom Jokel zwischen seinen Pranken.

»›Einladung zur Verlobung am Krötensee‹, das wird die *Head.* Als *Subline* setzen wir ›10 000 Kröten können nicht irren – eine Idylle darf nicht sterben!‹«

Der Tschortsch fuchtelte mit einer großen Geste Buchstaben in die Luft. Anscheinend konnte der da schon ein Plakat sehen, wo nur Luft und Mücken waren.

»Was ist los?«

Ich konnte nicht mehr an mich halten, diese bayerisch-amerikanische Supercombo war mir gedankentechnisch immer eins voraus.

»Wir machen eine Demo, Ben. Dafür brauchen wir die Bevölkerung hinter uns. Womit erreicht man die meisten Menschen? Na, Ben?«

Der Tschortsch hatte beide Hände zu einer yogimäßigen Chillbewegung auseinandergeklappt und starrte mich aus seinem Bartwald an. Kein Wunder, warum der von Tante Millies Milch-und-Honig-Haut so fasziniert war, an ihm gab es ja nur braune Zotteln.

Ich guckte wohl zu lange in Tschortschs Yeti-Yogi-Gesicht, denn er gab die Antwort selbst, und zwar direkt in Richtung Tante Millie: »Die Liebe!«

Ich zuckte zusammen. Auch weil die Lucy schon wieder in die Hände geklatscht hatte und »Au ja, eine Demo« brüllte, und zwar direkt neben meinem Ohr.

Davon war sogar die Oma hochgeschreckt und augenblicklich elektrisiert von dem Wort »Demo«.

Es war ein Stichwort ihrer Vergangenheit und deshalb gut abrufbar.

Die Tante Millie allerdings sah den Tschortsch mit schreckgeweiteten Augen an. Ganz offensichtlich war sie von einem Teil der Botschaft nicht ganz überzeugt.

»Wir können doch die Kinder nicht auf eine Demo mitnehmen. Was meinst du, was mir mein Bruder erzählt, wenn ich ihm das sage?«

Tante Millies Stimme hörte sich leicht panisch an, und ich erinnerte mich kurzzeitig an meine direkten Vorfahren, die während meiner neobuddhistischen Phase hier bei der Oma ein wenig in den Hintergrund gerückt waren.

Die Millie hatte vermutlich recht. Meine ordentlichen, langweiligen, beige-weiß-grauen Eltern waren sicher in ihrem ganzen Leben nie auf einer Demo gewesen. Meine Mutter, weil ihr das viel zu unaufgeräumt war, und mein Vater, weil er wohl die Nase voll hatte von dem Demogerede seiner Eltern, der Oma und dem Jokel. Solcher Revolutionsgeist übersprang ja manchmal Generationen.

Ich fühlte in mir urplötzlich so eine musketierhafte Stärke und Gegenwehr. Der Tschortsch hatte recht! Die Liebe konnte Berge versetzen oder eben Straßen. Einer für alle, alle für einen. Wir würden das Verlobungsbild auf das Plakat bringen, das sagte ich auch laut und snappte mit der Tabletkamera ein astreines superduper Bild von Opa Jokels Kunstwerk im Abendlicht. Das war doch ein Anfang. Ich würde die Aktion selbstverständlich leiten.

Irgendwie kam mir aber der Tschortsch schon wieder zuvor.

»Ich layoute euch daraus ein Plakat, dann drucken wir das hundert Mal aus, als DIN-A3-Ausdruck.

Und ihr beiden, Lucy, Ben, hängt das morgen überall aus! Wir dürfen keine Zeit verlieren. Jeder Tag, den die Gegner zum Stärken ihrer Position bekommen, wird uns am Ende fehlen. Die Demo setzen wir für Dienstagabend an. Und die Presse brauchen wir auch dazu. Uns nützt es gar nichts, wenn nur WIR die Welt retten wollen!«

Der Tschortsch war in seinem Element und sprang wild zwischen Bank, Apfelbaum, Oma und Zucchinibratlingen hin und her. Der Karl, der bis dahin friedlich sämtliche Aufregung verschlafen hatte, nahm das als Aufforderung zum Kläffen und zum unkontrollierten Kreisen um sich selbst.

Mit der Abendruhe waren wir für heute fertig. Papa Tschortsch hatte den Speed von Silicon Valley in unseren Garten gebracht. Ich konnte mir jetzt gut vorstellen, wie der in seiner aktiven Werbezeit drauf gewesen war. Nix gechillt, nix alle Zeit der Welt, sondern ziemlich hyperaktiv.

Die Tante Millie machte deshalb auch schon Augen und legte beruhigend die Hand auf Tschortschs Unterarm, als der mal wieder an ihr vorbeiflatterte. Die Lucy hatte in der Zwischenzeit schon die Homepage der *Rote Traun Post* hochgeladen und sich den Namen des Chefredakteurs herausgesucht: Marc Zwing. Herrgott nochmal, diese Frau machte mich wahnsinnig mit ihrem Tempo, aber auch mit ihren Dunkle-Schokolade-Augen, die mich schon wieder siegessicher anblinkten. Mann, früher gab's doch Jetlag und so einen Kram. Diese Lucy flog einfach mal von einem Kontinent zum nächsten, wetzte Berge rauf und runter und war noch immer so was von auf Zack, wie ein Duracell-Häschen mit frischer Batterie.

Ich sah das Plakat und auch die Demo schon von mir. Angeführt von Lucy im braunen Tellerrock und Kunstfellweste. Dahinter der Huberleon, der Meierfabian, die Oma, die Millie, der Tschortsch und weite Teile der Bevölkerung. Ganz, ganz am Ende, also so als Schlusslicht, kam ich. Dabei war ich der eigentliche Kopf des Ganzen.

Aber so sind die aus Silicon Valley. Schnappen Ideen auf, die in der Luft liegen, und machen sie zu ihrem Ding.

Ich spürte den Thrill, wenn einem eine Bewegung entgleitet. Und da konnte mich die Lucy noch so sehr mit dem Schokoblick einseifen, jetzt war Schluss mit lustig, ICH würde diese Demo anführen. Meine Kröten, mein Kröten-Highway, mein Problem, meine Lösung.

Und genau so sagte ich es dann auch, ziemlich laut. An diesem schönen Sommerabend, der in die Stribbern'sche Geschichte eingehen sollte, weil ich selten so viele Lacher für einen Wutanfall bekommen hatte.

DER VOLLPROFI

Kurz nach meinem Auftritt hatte Tante Millie den Tschortsch und seine Tochter aus dem Garten geschoben, weil sie schließlich am nächsten Morgen wieder die tollkühne Fahrt über den Irschenberg auf sich nehmen musste.

Endlich kehrte wieder jener Frieden in Omas Häuschen ein, der mir schon seit Tagen abgegangen war. Stille Tage im Gras, wie lange waren die noch mal her? 4000 Jahre?

Ich lag dann noch ein wenig wach im Bett, auch weil der Mond unverschämt hell und rund in mein Zimmer schien. Und als ich lang genug in sein dickes Gesicht geguckt hatte, sah ich urplötzlich alles in Schokobraun.

Ich schloss die Augen, auch weil dieser halbamerikanische Wirbelwind einen echt fertigmachen konnte.

Morgen würde ich das Ruder wieder übernehmen. Die Demo organisieren, zur Not auch mit Hilfe des Huberleon und des Meierfabian. Wenn man denen was sagte, machten sie es auch, wenn ich der Lucy was sagte, gründete sie eine Selbsthilfegruppe, lud die örtliche Presse ein und machte einen auf Nobelpreis. Okay, das mit der Demo war eine gute Idee, aber die hätte bei den vielen Erzählungen der Oma genauso gut von mir stammen können. Ich ging es eben nur ein wenig analytischer an. Zum Beispiel – so meine messerscharfe Kombination – war der Pelzermax, verfressen, wie der war, höchstwahrscheinlich bestechlich. Wenn ich nur an die verschlungenen Semmeln bei uns am Teich dachte! Den Garaus hatte er ihnen gemacht, wie die Wilma ihrer Schnecke. Und die beiden Wanzen taten, was er sagte. Also eigentlich wie der Huberleon und der Meierfabian, nur dass meine beiden Sekundaten so gefährlich aussahen wie Marshmellows und die Hilfssheriffs vom Pelzermax wie aus Frankensteins Labor, allerdings die Kammer mit den missglückten Versuchen.

Vermutlich lag ich noch eine ganze Weile grübelnd im Licht des Mondes wach, denn als ich am nächsten Morgen aufwachte, schien statt dem Mond eine brüllend heiße Sonne in mein Zimmer.

Die Tante Millie war schon längst dabei, den Irschenberg zu überqueren, und die Oma hatte sich einen Kaffee gekocht, in dem der Löffel stecken blieb, weil sie zwei Mal Kaffeepulver hineingeschüttet hatte.

Merkte ich natürlich fast alles erst, als ich schlaftrunken in die Küche getapst war und der Oma ein Bussi aufgeschmatzt hatte.

Kaum hatte ich mich auf die Bank am Fenster fallen gelassen und ein Milchhörnchen in den stark verlängerten Kaffee getaucht, als der Karl bellend in die Küche gerannt kam.

Das konnte nur eines bedeuten: Besuch!

Der Karl nahm seine Aufgabe als Wachhund und Türglocke sehr ernst. Ebenso seine Rolle als Fußabschlecker und Milchhörnchendieb.

Ich war nur einen Moment unkonzentriert gewesen wegen seinem Gebell, schon hatte er in einem blitzschnellen Move das Gebäck aus meiner Hand gemopst.

Wieso hieß das eigentlich mopsen und nicht dackeln? Ich kam nicht mehr dazu, den Gedanken zu Ende zu denken.

»Hallihallo, wir sind superweit, der Tschortsch und ich. Schaut mal!«

Die Lucy war also Karls angekündigter Besuch. Ich traute meinen Augen nicht. Lucy im milchschokobraunen Overall. Also so ein Malerdings mit tausend

Taschen und Reißverschlüssen. Und jeder Menge Farbtupfer drauf.

Sie hatte einen Stapel Papiere unter dem Arm, von denen sie jetzt eines vor meinen Augen entfaltete, das Papier hatte ebenfalls viele Tupfen.

»Grandma, du musst auch gucken, es ist voll süß geworden! Der Tschortsch ist einfach ein Vollprofi!«

Ich glotzte auf das Plakat. Tatsächlich sah es exakt so aus wie der Tschortsch, der Vollprofi, es gestern in die Luft gemalt hatte. Alle Textzeilen drauf, das Verlobungsbild von der Oma ganzflächig drunter. Die Oma und der Jokel wurden nun von Buchstaben versteckt, und das war auch schon das einzig Gute an dem Plakat. Okay, neben der Tatsache, dass es wirklich ins Auge sprang, weil es so sommerlich und luftig war und man wirklich schnell verstand, dass es richtig, richtig traurig wäre, wenn dieses Idyll zerstört würde.

Die Oma hatte lange draufgeguckt, aber offensichtlich heute keinen so guten Draht in die Vergangenheit. Zumindest nicht an die Vorkommnisse des vergangenen Abends.

»Was wollt's ihr damit machen, Lucy?«

Sie legte mir bei diesem Satz ein zweites Milchbrötchen neben meinen Milchkaffee.

»Voll emotional die Leute aufrütteln, *Grandma,* die müssen doch endlich mal kapieren, dass diese *loveley places* das Höchste hier sind!«

Die Oma schüttelte den Kopf. »Mei, Lucy, das sind ganz schöne Sturschädel hier, und wenn einer kommt und mit den Dollarzeichen winkt, dann rennen sie dem hinterher!«

Ich wollte schon was sagen, von wegen Dollarzeichen und dem amerikanischen Geist, der jetzt hier so herrschte, hielt aber dann doch die Klappe. Vor allem vor Wut, denn die Lucy hatte sich mein neues Milchbrötchen geschnappt und direkt die Hälfte davon abgebissen.

Ich ließ mich von Dackeln und Mädchen berauben! Wie sollte ich je eine Demo organisieren?

Das Stribbern'sche Selbstbewusstsein ist ja echt stabil, aber was zu viel ist, ist zu viel.

»*Come on*, wir müssen die Plakate verteilen, denn die Demo muss morgen um 17 Uhr stehen, ich hab dem Marc Zwing von der *Rote Traun Post* auch schon Bescheid gegeben. Hab ihm ein PDF vom Plakat per Mail geschickt, und er hat zugesagt!« Lucys Augen wanderten von der Oma zu mir und wieder zurück. Schokospur hin und her. Ich fühlte mich schwach, auch wegen der eingebüßten Milchbrötchen. Das Projekt entglitt mir, bevor ich überhaupt einen Strich daran getan hatte.

»Lucy, was ich schon gestern eigentlich sagen wollte ...« Weiter kam ich nicht, weil der Huberleon und der Meierfabian ins Haus gestürmt kamen. Diesmal hatte Wachmann Karl versagt, denn das Milchbrötchen war ihm wichtiger als zwei mögliche Diebe.

»Tag, Oma, 'tschuldigung, können wir die Schuhe anbehalten, aber es ist eilig!«

Der Huberleon trampelte in seinen megapraktischen Trekkingsandalen in die Küche und grinste die Oma mit seiner Zahnspange an. Auf seiner Stirn, also dem Teil, den man unter seinem Hochgebirgssicherheitshelm sehen konnte, perlte der Schweiß.

Der Meierfabian sah ganz genauso aus, nur musste der gleich an was rumfummeln. Zufällig an dem Milchbrötchen-Nachschub, den die Oma gerade in eine Schüssel gekippt hatte und auf den Tisch stellen wollte.

So hatte ich mir das nicht vorgestellt. Also weder das mit den Milchbrötchen noch das mit den beiden Milchbubis, noch das mit Frau Milchschokoladen-Overall mit Tupfen.

Dieser Montag begann falsch.

Mit einem Sprung war ich bei der Milchbrötchen-Schüssel und rettete sie vor den Schweißbratzen des Meierfabian. Fünf vor zwölf, die Aktion sinnvoll anzugehen. Die Milchbrötchen waren der Anfang! Was wollten die beiden Milchbubis noch mal?

»Leon, Fabian, was geht?!«

Ich presste die Milchbrötchenschüssel an meine Brust und gab den beiden die Begrüßungsfaust mitsamt kleinem Schulterrempler. »Da oben stellen sie schweres Gerät auf!«

Der Meierfabian fuchtelte in Ermangelung eines Gegenstands, den er kneten konnte, in der Luft herum und zeigte auf den ersten Stock von Omas Häuschen.

Klar, dass ich nicht gleich kapierte, was er meinte. Noch klarer, dass die Lucy sofort kapierte, was er meinte. Kein guter Montag.

»Am Krötensee? *Unbelievable!*« Lucy nahm mir die Schüssel mit den Milchbrötchen ab, weil ich eine Sekunde verdutzt geguckt hatte, und stellte sie zurück auf den Frühstückstisch.

»Wir müssen sofort los, wir haben keine Zeit mehr zu verlieren. Die Plakate müssen verteilt werden!«

Sie zeigte den beiden Superhelden das Plakat mit Omas Verlobungsbild und dem Aufruf zur Demo.

»Wir verteilen das im Dorf, in den Geschäften, auf den Bauernhöfen der Gegend. Wir plakatieren praktisch den ganzen Umkreis.«

Sie meinte mit »wir« wohl sich und mich. Und der Huberleon und der Meierfabian guckten etwas enttäuscht.

»Ben, wir brauchen Tesafilm, und nimm was zu essen mit, wir werden den ganzen Tag unterwegs sein!«

Ach, was wollte ich noch mal die ganze Zeit schon machen? Milchbrötchen essen? In Ruhe? Und nachdenken, was es mit dem schweren Gerät auf sich hat? Und wieso mir sogar der Meierfabian und der Huberleon immer einen Schritt voraus sind? Und wieso die Lucy schon wieder beschlossen hatte, wie der Tag verlaufen würde?

Ich sah die Oma an, die das Plakat studierte.

»Da sind der Jokel und ich immer gesessen. Und dort hat er mich auch gefragt, ob ich seine Frau werden möchte!«

»Ja, Oma, das wissen wir, das ist das Verlobungsbild!« Ich versuchte obergeduldig zu klingen, obwohl ich innerlich kochte, aber daran war die Oma am allerwenigsten schuld.

»Wir werden an der Stelle morgen eine Demo machen, Oma, einen Sitzstreik. Kannst du dich noch erinnern, das habt ihr damals, als du und der Jokel noch jung wart, auch gemacht!«

Die Oma wackelte mit dem Kopf, was Ja und Nein heißen konnte. Wirklich wahr, in letzter Zeit war sie echt seltsam. Ich griff mal wieder zu den Scrabblebuchstaben und legte die Wörter »Krötensee« und »Sitzstreik« auf den Tisch. Dauerte natürlich, und zwar genau vier Milchbrötchen lang, die in der Zwischenzeit in den Mündern vom Huberleon und vom Meierfabian verschwanden. Dieser Montag wurde mir langsam unheimlich. Und ich legte, da es eh schon wurst war, das Wort Dienstag dazu. Weil es bei Scrabble keine Zahlen gibt, hab ich die 17 für die Uhrzeit auf dem Plakat von der Oma ganz dick eingeringelt.

In diese ganze Milchbrötchen-Scrabblesteinchen-Plakate-Gemengelage kam dann auch noch der Tschortsch und wurde vom Karl begrüßt, als sei er sein Herrchen.

»Hi allerseits, die Sache läuft, was Ben? Ich fänd's gut, wenn ihr jetzt starten würdet, sonst läuft uns die Zeit davon. Derweil kümmere ich mich ein wenig um Grändma und bringe ihre grauen Zellen auf Trab, gell, Grändma?!«

Er umarmte die Oma und wedelte mit einer orange-rosa Gummimatte herum. »Wir machen ein wenig Yoga, Grändma, und dann massiere ich Sie, und hinterher koche ich uns noch was aus *Superfoods!*«

Den letzten Teil fand ich bestechend. Ich hatte zwar keine Ahnung, was Superfoods waren, aber im Zweifel was total Abgefahrenes, so wie Superhelden oder Superman. Ich wäre gerne bei der Oma geblieben, deren Vormittagsprogramm kam mir auf einmal deutlich verlockender vor, als mit der Lucy durch die Botanik zu latschen und Plakate zu kleben.

Doch die Lucy umarmte schon den Tschortsch, und die Oma und hüpfte aus der Küche. Ich hinterher.

WORTKÜNSTLER

Gefühlte hundert Stunden später hingen dann im ganzen Umkreis, also zwischen Ruhpolding, Siegsdorf und Inzell, zumindest ein paar Plakate. Sogar nach Adlgass waren wir geradelt, weil's dort auch so schön ist, und die würden wissen, was mit dem Erhalten einer Idylle gemeint war.

Die Lucy hatte auf ihrem Rad gesessen wie eine Piratin. Die Haare hatte sie unter einem braunen Bandana mit Totenköpfen gebändigt, und der braune Overall mit den Farbtupfen blähte sich im Fahrtwind wie ein Ballon auf. Es war beeindruckend. Überall, wo wir vorbeikamen, sahen uns die Leute nach. Also sahen die Leute der Lucy nach. Ich war nur der kleine Lastenesel, der hinterherkeuchte, weil auf mein Fahrrad sämtliche Plakate, die Tesafilmrollen und der Proviant geladen waren.

Und von den Plakaten hatten wir noch etliche. Denn das mit dem Plakatieren war doch schwieriger als gedacht. Wenn wir die Plakate irgendwo anklebten, kam sofort jemand, der wusste, dass das verboten war.

Fragten wir in den Geschäften, dann schüttelten die meisten, spätestens wenn sie den Text und das Wort »Sitzstreik« gelesen hatten, den Kopf. »Na, mit einem Streik woll'n mir nix zum tun hamm!«

Natürlich hätten wir die Plakate irgendwo am Straßenrand festkleben können, aber wir wollten ja, dass möglichst viele Menschen unsren Aufruf sahen, also mussten es Plätze sein, an denen auch viele Menschen vorbeikamen.

An Marktplätzen, an Gasthäusern, an Apotheken oder eben an Plakatwänden.

Es war gar nicht so einfach, und ich bekam einen Eindruck davon, was die Oma mit dem Wort »Sturschädel« gemeint hatte.

Sogar der Tschortsch, der Vollprofi, war am Ende mit seinem Latein. Die Lucy hatte ihn nämlich unterwegs angerufen, nachdem wir in einer Metzgerei gefragt hatten, ob wir in der Eingangstür das Plakat aufhängen dürften. Erst hat uns eine sehr nette Fleischereifachverkäuferin mit dem Namen Edeltraut freundlich ein Radl Gelbwurst in die Hand gedrückt, und dann hat sie das Wort »Demo« gelesen und den Chef geholt. Der Herr Metzgermeister sah dann exakt so aus, wie man sich einen Metzgermeister vorstellt: schwarz-weiß karierte Hose, eine lange Plastikschürze darüber, die voller Blutspritzer war und in etwa so aussah wie der Overall von der Lucy, nur eben blutiger. Der hat uns dann als Unruhestifter und »Zugroaste« bezeichnet und dabei mit seinem Schlachterbeil herumgefuchtelt, bis die andren Kunden im Geschäft erschrocken zur Seite sprangen, auch wir sprangen – allerdings gleich aus dem Geschäft raus.

Ich muss sagen, ich hab die Lucy noch nie so ratlos gesehen, als sie sich neben unseren Rädern einfach in die Wiese am Straßenrand plumpsen ließ und irgendwie sehr verloren in ihrem braunen Sack wirkte.

Hätte sie das mit der Organisation mal schön mir überlassen, schoss es mir durch den Kopf, doch ich hielt die Klappe. Schließlich wollten wir beide das Gleiche. Und jetzt stellte sich heraus, dass es mit dem Widerstand in der Bevölkerung doch nicht ganz so weit her war. Oder sie es eben noch nicht ganz verstanden hatten. Ich sah mir das Plakat noch einmal an. Überschrift:

WO DIE GRÖSSTE HOCHZEIT DES JAHRES STATTFINDET.

Die Buchstaben verdeckten das nackte Hinterteil von der Oma. Und drunter, über dem Hinterteil vom Opa Jokel: ... soll jetzt eine Schnellstraße gebaut werden. Der Krötensee ist in Gefahr! Deshalb: Dienstag, 17 Uhr, Sitzstreik am Krötensee.

Das Plakat wirkte wirklich idyllisch. Bis man den Text las. Vielleicht hätte der Tschortsch doch nicht so vollprofihaft das Wort »Sitzstreik« in dicken Buchstaben schreiben sollen. Vielleicht überhaupt nichts von Sitzstreik.

Aus der braunen Kutte neben mir gluckste es. Diese Lucy machte sich doch nicht schon wieder über mich lustig? Ich rüttelte ein wenig an der Kutte, aber der Kopf von der Lucy blieb zwischen ihren Knien verschwunden.

Ich überriss kurz die Lage. Wir saßen auf einer Wiese am Straßenrand mitten in Inzell. Vor uns die Berge, hinter uns die Berge, über uns ein blauer Himmel, wie unecht. Aus den bemalten Bauernhäusern quollen feuerrote

Geranien wie dicke Girlanden. Die Glocke der Kirche schlug 15 Uhr. Die Schwalben sausten in wahnsinniger Höhe dahin. Touristen und Einheimische stiefelten in aller Ruhe durch die Hauptstraße und leckten Eis oder blieben zum Ratschen stehen.

Das sah alles nicht danach aus, als wolle hier irgendjemand streiken, denn es ging ja zu wie im Bilderbuch. Wir mussten es anders sagen, mussten einfach die richtigen Worte finden. Ich tippte der Lucy auf die Schulter. Die Schulter zuckte. Immerhin.

»Lucy, wir müssen an den Plakaten was ändern. Dein Papa ist sicher ein Vollprofi, aber die Leute hier ticken eben anders als die in Amerika!«

Ich hatte keine Erfahrung mit Mädchen, die den Kopf zwischen die Knie stecken. Also setzte ich mich neben die Lucy und zog mein Notizbuch heraus. Hab ich schon erwähnt, dass ich es IMMER bei mir trage? Irgendwie musste ich diese Lucy schließlich wieder aus ihrer Versenkung bekommen. Da war sie mir als Quirl wirklich tausendmal lieber denn als kackbrauner Trauerkloß.

Ich begann zu lesen, auch wenn mir völlig klar war, dass ich mich gerade zum Vollpfosten machte. Aber der Zweck heiligt die Mittel, sagt die Oma immer.

Ich las, was ich vor drei Tagen anscheinend in einem Moment der kompletten geistigen Umnachtung geschrieben hatte:

Nebendran wohnt eine Braut,
die hat einen Knall,
der mich umhaut.
Was macht man denn in so 'nem Fall?
Ich sprech mal mit ihr,
schau, was so geht.
Die ist ja neu hier,
ob die mich versteht?
Eins ist aber ziemlich klar,
ihre Schokoaugen, die sind mega.
Wenn eins je sicher war:
Die ist ein Hammerfeger.

Okay, die letzte Zeile war vom Reim her nicht der Burner, aber ich konnte trotzdem beobachten, wie sich die braune Kutte neben mir bewegte und aus den Knien der Kopf zum Vorschein kam.

Anscheinend hatte Lucy da unten nicht so viel Luft bekommen, denn sie hatte ganz rote Augen, als sie mich ansah. Und geschwitzt hatte sie wohl auch, denn ihre Wangen waren ganz nass.

Sie lächelte schief. »Das ist voll süß!«

»Ähm, Lucy, du holst jetzt hier noch ein paarmal tief Luft, ist nämlich ein Luftkurort, und ich verschwinde mal eben in das Schreibwarengeschäft!« Ich deutete auf einen kleinen Laden gegenüber, vor dem ein Wald aus Zeitungs- und Postkartenständern herumstand. Dabei hatte ich die andre Hand wirklich ziemlich unabsichtlich auf Lucys Schulter gelegt und hätte schwören können, dass sie ihre Wange ein ganz klein wenig angelehnt hatte. Aber eben nur so ein ganz klein wenig, dass man es nicht messen konnte.

»Okay, ich warte!«

So kleinlaut hatte sich ihre Stimme noch nie angehört, und es versetzte selbst mir, Ben von Stribbern, einen Stich, links, kurz unterm Schlüsselbein.

Ben der Geniale

Nach meinem genialen Einfall war dann eigentlich alles ganz einfach. In nur einer Stunde waren wir alle Plakate los. Und die Lucy sah mich mit ganz anderen Augen an, die auch keine roten Ränder mehr hatten. Ich hatte nämlich in dem Schreibwarengeschäft mit dem Geld, das ich in meiner Hosentasche gefunden hatte, einen Bogen weiße Aufkleber gekauft, die man bedrucken konnte. Tatsächlich fand sich in dem kleinen Schreibwarenladen, der neben dem üblichen Sammelsurium aus Heften, Zeitungen und Lottoscheinen vollgestopft war mit enzianblauen Halstüchern, Schnupftabak, Bergmotiven auf Spazierstöcken und Heimatromanen, ein Kopierer. Mit einem geliehenen Filzstift kritzelte ich eine Kopiervorlage: Party am Krötensee. Fünfzig Mal, also genau so oft, wie Sticker auf dem Bogen waren.

Dann ließ die kleine hutzelige Frau, die den Laden führte, den Stickerbogen durch den Kopierer laufen. Machte sie ziemlich gut, die Frau war mindestens so alt wie die Oma, nur offensichtlich nicht so vergesslich, sie wusste also genau, welche Klappen sie öffnen und welche Knöpfe sie drücken musste, um am Ende meinen bedruckten Stickerbogen herauszubekommen.

Mit fünfzig Mal Party am Krötensee kam ich aus dem Laden raus. Lucy sah mich zunächst fassungslos an. Erst als ich anfing, die Sticker über das Wort »Sitzstreik« zu kleben, kehrte Leben in sie zurück.

»Genial, Ben, *you are gorgeous!*«

Ihre Scheinwerfer hatten wieder das Dunkelbraun, das auf mich wirkte wie schwarze Löcher. Maximale Anziehungskraft, man will darin verschwinden.

Wir klebten Sticker, und anschließend klebten wir Plakate.

Erstaunlich, wie freundlich auf einmal alle waren. Party wollten alle, Sitzstreik wollte keiner. Ich würde, wenn irgendwann mal wieder Ruhe im Garten der Oma herrschte, die Wilma wieder ruhig ihre Bahnen in unsrem Tümpel ziehen würde und der Karl schnarchend unter einem Farn lag, darüber nachdenken. Und nachschlagen, was »gorgeous« bedeutet.

Jetzt aber wollten wir dem Krötensee noch einen Besuch abstatten und dort unsere Brotzeit verzehren, schließlich war es wichtig zu wissen, was uns dort morgen erwarten würde. Denn wenn der Huberleon und der Meierfabian nicht gelogen hatten, dann war am Krötensee bereits eine Baustelle, und wir konnten uns morgen auf mächtig viel Krawall gefasst machen. »Party« wäre dann ein harmloser Ausdruck dafür.

Die Lucy hatte dank meines genialen Einfalls wieder Kondition und radelte flott vorweg auf den Krötensee zu.

Ich strampelte den Hügel hinauf und blieb die ganze Zeit hinter ihr, denn der Picknickkorb auf meinem Gepäckträger wog immer noch gefühlte zwei Tonnen. Wer in der Früh keine Milchbrötchen bekommt, kann schließlich nicht wie ein Maultier arbeiten.

DIE GURKEN-TRUPPE

Vielleicht wäre ich nicht so mega motiviert hinter der Lucy hergebrettert, wenn ich gewusst hätte, was uns am Krötensee erwartete. Aber mein Hirn hatte unter dem Milchbrötchenmangel und Lucys Kopf zwischen den Knien doch ganz schön gelitten. Außerdem schien die Sonne, als gäb's kein Morgen.

Über den Wiesen, auf denen lila, gelbe und weiße Blumen ein buntes Tupfenmeer bildeten, flimmerte die Luft, und ich sah kleine Elfen über die Spitzen der Gräser fliegen. Entweder hatte ich Halluzinationen, oder der Fremdenverkehrsverein hatte sich mal was richtig Verrücktes einfallen lassen. Tatsächlich hatte ich wie der Verdurstende in der Wüste nur noch das Wasser des Krötensees vor Augen. Dort würden wir baden und dieses Picknick verputzen und endlich ordentlich chillen. Ich würde die Lucy fragen, ob sie vorhin tatsächlich

ein klitzekleines Tief gehabt hatte? Und ihr sagen, dass ich das eigentlich ziemlich *charming* fand. Wesentlich mehr *charming* als diese Duracell-Häschen-Nummer und diese amerikanische Erfolgskiste. Und ob sie denn immer so komische Kleider anziehen musste, wo sie doch so eine Hammerfigur ...

Okay, eventuell hatte ich den eigentlichen Anlass unseres Ausflugs ein wenig aus den Augen verloren, als wir an einer mit orange-weißem Absperrband markierten Stelle kurz vor dem Krötensee plötzlich abbremsen mussten, wodurch der Picknickkorb aus dem Gepäckträger schoss und sich auf der abschüssigen Straße selbstständig machte.

»O *shit!*« Lucy hatte es mal wieder mit zwei Worten auf den Punkt gebracht. Unser ganzes Essen rollte zurück ins Tal. Eigentlich wollte ich hinterher, aber der Grund für unsere Vollbremsung war zu mächtig.

Die Straße vor uns war gesperrt. Na, besser gesagt, sie war VERsperrt. Drei fette Bagger mit Schaufeln wie Mühlräder blockierten die Fahrstreifen.

Zuerst dachte ich an eine Fata Morgana, schließlich hatte ich auf den flimmernden Wiesen auch schon Fabelwesen gesehen. Dann sah ich genauer hin und dachte erneut an Lichtspiegelungen und andere Streiche der Natur, denn in den drei Führerkabinen der Bagger saßen eindeutig drei Herrschaften, die mir verdammt bekannt vorkamen.

Ich hatte mein Fahrrad neben dem von Lucy zum Stehen gebracht. Lucy war wieder ganz die Alte, keine Spur einer Krise mehr, sondern volle Lotte der gewohnte Kampfgeist.

Ich schirmte mit der Hand meine Augen gegen die Sonne ab, um zu testen, ob es an ihr oder an meinem ausgehungerten Gehirn lag, dass dort, keine vier Meter von uns entfernt, der Pelzermax, Wanze 1 und Wanze 2 aus den Baggern herausgrinsten.

Selbst Augenreiben half nix, es blieben die drei Pappnasen. Wahrscheinlich hätten wir noch eine halbe Stunde unbeweglich so dagestanden, wenn nicht plötzlich ein ohrenbetäubender Lärm aus den Baggern gekommen wäre. Diese Gurkentruppe hatte doch glatt die Motoren dieser Monster angeworfen! Konnte man Bagger einfach so anschalten? Lucy sah zu mir her, und eines muss man der Gurkentruppenaktion lassen: Sie hatten es geschafft, dass die Lucy heute zum zweiten Mal ein klein wenig hilfsbedürftig aussah.

Ich schmolz dahin. Nicht nur wegen der Mittagshitze und dem Affengetöse, das die Bagger veranstalteten, sondern weil die Lucy wieder diese flüssigen Schokoladenaugen bekam.

Herrje, jetzt, also nur in diesem speziellen Augenblick, mit dem Pelzermax und den beiden Wanzen dort drüben, wäre mir eine Lucy mit dem Mut eines Musketiers lieber gewesen. Die Luft vibrierte, und die Bagger stießen Dieselschwaden aus; es stank wie die Hölle, und ehrlicherweise muss ich zugeben, dass ich ratlos war. Und hungrig. Und erschöpft. Und sauer. Was konnten wir beide hier denn erreichen? Gleich würden riesige Baggerschaufeln nach uns greifen, uns hoch in die Luft heben und dann mit einem gezielten Schwung in den Krötensee befördern, samt Fahrrädern.

Doch plötzlich erstarben die Geräusche. Die Bagger pufften noch ein wenig Dieselrauch aus wie Drachen, die es sich anders überlegt haben.

Ein Mann mit sehr wenig Haaren sprang zwischen den Baggern herum. Worte wie »Rotzbuben« fielen, »Seid's ja noch blöder, als ich dachte!« und »Schleicht's eich runter von meine Bagger«.

Ich konnte dem Mann, der mir irgendwie bekannt vorkam, nur zustimmen.

RUMPELSTILZCHEN

Ich zeig euch gleich, wo der Frosch seine Locken hat, ihr Saubuam, ihr elendigen!«

Der Mann mit den wenigen Haaren nahm kein Blatt vor den Mund und kam mir damit noch ein bisschen bekannter vor. Das mit dem Frosch und den Locken fand ich im Zusammenhang mit dem Krötensee und unserer Aktion geradezu wegweisend. Der Kerl hatte offensichtlich Sinn für Humor und war vielleicht auch ein Froschliebhaber. Schließlich hatte er die Bagger gestoppt und dem Pelzermax und seiner Gefolgschaft eine Ansage gemacht.

In mir wuchs die Zuversicht. Die Lucy hatte allerdings eine steile Stirnfalte über ihrer Nase, auf der sich durch die viele Sonne heute ein kleiner Haufen Sommersprossen ausgebreitet hatte.

Diesem Thema würde ich mich bei Gelegenheit mal widmen müssen. Sommersprossen auf Mädchennasenrücken, dass es dazu keine Bestenliste gab!? Zu jedem Scheiß gab es doch heutzutage eine Hitliste. Größter Schnauzbart, dickstes Nabelpiercing, kleinste Zehennagelbemalung, Stärkster im Fingerhakeln – aber das Thema »schönste Ansammlung von Sommersprossen auf Mädchennasenrücken«, das hatte niemand auf dem Schirm. Eventuell lag's am Namen, der war wirklich ein bisschen lang.

Ich fuhr aus meiner Grübelei auf, denn der Mann mit den wenigen Haaren war mit den Jungs in den Baggern noch nicht fertig, allerdings nahm die Sache eine Wendung. Er war nämlich zum Führerhaus raufgestiegen, in dem der Pelzermax saß, und hatte den Pelzermax an seinem T-Shirt herausgezogen, das dabei riss und die schwabbelige Speckbrust von meinem Lieblingsfeind freigab.

Irgendwie hatte ich die Geste schon mal gesehen. Ich grübelte. Die Lucy stieß einen spitzen Schrei aus, als der Mann so grob wurde.

»Stop it!«, entfuhr es ihr, und ich konnte das nur bewundern. Lucy hatte auch ein Herz für die Vollspacken dieser Gesellschaft. Der Pelzermax und die Wanzen stiegen in der Zwischenzeit wie geprügelte Hunde aus ihren Führerhäuschen.

»Verschwindet's! Und du, Max, kannst deiner Mutter gleich berichten, was für einen depperten Sohn sie hat!«

Der Mann mit den wenigen Haaren hatte nun ein flottes Tomatenrot im Gesicht, und schlagartig fiel mir ein, wo wir diesem Herrn schon mal begegnet waren: oben am Hochberg. Da war er mit dem Pelzermax ähnlich zärtlich umgegangen.

Was hatten die beiden miteinander zu schaffen? Was taten die Bagger hier, und was tat der Mann da? Jetzt drehte der sich zu uns um.

»Seid's ihr des mit dem Sitzstreik?«

Oha, der kannte noch die alte Fassung unseres Plakats.

Ich wollte der Lucy signalisieren, dass wir uns jetzt vielleicht nicht zu erkennen geben sollten, schließlich neigte der Mann zu Tätlichkeiten. Längst war mein Gedanke verflogen, dass es sich hier um unseren Retter handeln konnte. Dazu passten weder die Stimme noch das hochrote Gesicht. Der Mann war eindeutig auf Krawall gebürstet.

Die Lucy aber auch. Sie war vom Rad gestiegen und hatte die Arme in die Seite gestemmt. Mit dem viel zu großen Overall und den Farbspritzern sah sie ein klein wenig aus wie eine Vogelscheuche. Aber eine sehr hübsche Vogelscheuche.

»Was geht Sie das an?!«

Sie hatte den fast haarlosen Brocken fest in den Blick genommen. Der Pelzermax und die Wanzen drehten sich bei ihren Worten um und machten eindeutig Gesten, dass die Lucy ihren Schnabel halten sollte. Ich hatte tatsächlich richtig gesehen, alle drei hielten den Zeigefinger vor die Lippen. Der fast Haarlose bekam das Rot nicht mehr aus seiner Birne, ganz im Gegenteil, er war auf dem besten Weg zum Blauviolett.

»Mein Fräulein Oberschlau, jetzt kaufst dir erst einmal was Anständiges zum Anziehen, und dann kannst wieder mit mir reden. Und bis dahin geht's ihr mir aus den Augen, hier oben hab ich das Sagen, und sonst niemand!«

Das ging doch eindeutig zu weit, fand ich. Zum einen beleidigte niemand meine Freundin, zum Zweiten war das wohl hier kein Privatgrund.

Hatte ich »Freundin« gesagt?

Ich war in der Zwischenzeit umständlich vom Rad geklettert, denn um meinen Hals baumelte noch die Tasche, in der einmal die Plakate gewesen waren.

»Wie reden Sie denn mit uns?«

Auch ich hatte nun die Arme in die Seite gestemmt.

Der Pelzermax und die beiden Wanzen hatten Augen wie Suppenteller, und die Münder standen ihnen offen. Wo war denn ihre Rotzfrechheit abgeblieben? Jetzt, wo man sie endlich mal brauchen konnte, waren die drei still wie die Zeiserl. Um es ehrlich zu sagen, benahmen

die sich, wie wenn man ihnen gesagt hätte, sie müssten die Nacht in einer Gruft, aber zumindest in einem Sarggeschäft verbringen.

Der nun dunkelviolette Mann war mit einem Sprung bei mir. Der sollte sich bloß unterstehen, mir an die Wäsche zu gehen. Zum einen trug ich heute mein Lieblings-T-Shirt, zum anderen hatte der Kerl Hände wie Tennisschläger.

»Sie sind der, der hier die Straße bauen will!« Die Lucy war ebenfalls mit einem Sprung, den ich ihr in diesem braunen Sack gar nicht zugetraut hätte, zwischen den Mann und mich gehechtet.

»Geh aus dem Weg!«, schrie er.

Der Mann hatte die Hände gehoben, die gerade noch auf mich hatten zuschießen wollen, aha, bei Mädchen hielt er sich also zurück, zu gefährlich wegen Angrapschen und so, schoss es mir durch den Kopf, wobei ich nicht undankbar war, dass die Lucy zwischen mir und der Fleischmütze stand.

»Runter von meinem Grund!«

»Seit wann gehört Ihnen denn die Straße?«, fragte die Lucy mit Engelslächeln.

Mister »Mirgehörthieralles« stemmte nun seinerseits die Arme in die Seite und blies die Backen auf. Der Pelzermax und die Wanzen waren zu Salzsäulen erstarrt.

»Runter!«, brüllte der Mann, der nun ziemlich dunkelviolett war.

Da machte die Lucy schon wieder etwas ziemlich Erstaunliches. Sie hob die Hand zum Mund und blies dem wütenden Mann eine Kusshand zu.

»Love and Peace«, säuselte sie hinterher und gab mir ein Zeichen, aufs Fahrrad zu steigen und kehrtzumachen.

Wie jetzt? Waren wir hier fertig? Ließen wir uns so leicht zurückdrängen?

»Lucy!« Ich war nicht einverstanden.

Da schickte sie mir auch so ein *Love and Peace* herüber. Mit Luftkuss. Mir blieb die Luft weg. Ein Luftkuss! Öffentlich. Ich wollte mir nicht vorstellen, wie das auf den Pelzermax wirkte.

Obwohl der gerade nichts zu lachen hatte, würde er es mir vermutlich bei der nächstbesten Gelegenheit unter die Nase reiben.

Als ich aber einen Blick zu ihm rüberschickte, stand der noch immer so verschreckt da wie vor einer Minute. Dieses *Love and Peace* konnte einen aber auch ganz durcheinanderbringen. Sogar den Pelzermax.

Der Mann ohne Haare allerdings hatte nun den Siedepunkt erreicht. Gleich würde sein Kopf in lauter kleinen Stücken an den Baggerschaufeln kleben. »Vor Wut geplatzt« würde in den Zeitungen stehen. Apropos Zeitungen ...

Hinter den drei Salzsäulen hüpfte auf einmal ein Mann mit Smartphone herum. Er sah nicht aus wie ein Tourist, der ein paar Aufnahmen vom Krötensee machen wollte, sondern eher wie jemand, der etwas suchte.

Er fotografierte zum Beispiel die Bagger und an den Baggern die Aufschrift, die mir jetzt erst auffiel. *MPBAU – Wir schaufeln für die Zukunft.*

Was war denn das für ein hammerblöder Satz!?

Der hüpfende Mann hatte nun auch den violetten Haarlosen und die drei Salzsäulen aufgenommen. Merkte der nicht, dass hier die Stimmung gerade kochte, und dass es sicher keine gute Idee war, das Ganze auch noch zu fotografieren?

»Habe die Ehre, Marc Zwing, *Rote Traun Post.* Ist das hier der Platz, auf dem morgen die Demo stattfindet?«

Der Mann zückte einen Presseausweis, den natürlich niemand auf die Entfernung lesen konnte. Lucys Augen begannen zu leuchten. Richtig, sie hatte diesen Marc Zwing ja informiert.

Tatsächlich war die Lucy wieder von ihrem Rad gesprungen und winkte dem Reporter zu: »Huhu, ich bin die Lucy, ich hab Sie angemailt!«

Der Reporter winkte zurück.

Rumpelstilzchen kannte sich nun gar nicht mehr aus, und die Salzsäulen bekamen wieder etwas Farbe.

»Wollt mir mal vorab ein Bild von dem Ganzen machen. Und wer sind Sie?«

Dieser Marc Zwing schlenderte auf den Violetten zu. War der wahnsinnig? Und wirklich, Rumpelstilzchen stellte sich dem Reporter in den Weg.

»Wenn Sie glauben, dass Sie hier eine erstunkene und erlogene Geschichte draus machen können, dann zeig ich Sie an! Nehmen Sie Ihre Rotzblagen gleich mit, nein, nicht die, sondern die!«, er deutete auf uns. Und in Richtung Pelzermax und Wanzen.

»Welche meinens jetzt?« Der Marc Zwing hatte das ebenso wenig verstanden wie wir.

»Ja, die beiden Kaschperl auf den Fahrrädern natürlich, die drei andren bleiben da!«

Puh, da fiel mir aber ein Stein vom Herzen. Die drei Salzsäulen durfte er gern behalten.

Der Marc Zwing kratzte sich am Kopf. »Also wenn Sie mich fragen, dann ändert das gar nichts, ob ich die Kinder jetzt mitnehm oder nicht. Das gibt morgen so oder so einen Auflauf hier.«

Er holte eines unserer Plakate aus seiner Tasche und hielt es dem Mann vor die Nase. Mucksmäuschenstill war es jetzt auf einmal. Sogar die Grillen hatten mit dem Zirpen aufgehört, wie es schien.

Rumpelstilzchen grapschte nach dem Plakat. Der Pelzermax zuckte zusammen. Und ehrlicherweise ich auch. Nur die Lucy blieb wieder erstaunlich ruhig und stupste mich in die Seite. »Läuft, was?« Dann grinste sie.

Ich war fassungslos. Hier braute sich ein Sturm, ach, was, ein Tornado zusammen, und die Lucy freute sich wie ein Schnitzel.

»Das ist optimal, wenn die Stimmung vor einer Demo hochkocht, *believe me, Benniboy!*«, flüsterte sie mir so laut zu, dass es bis zu den Salzsäulen zu hören war.

Ich musste mir aber keine Gedanken machen, denn die drei standen schon wieder stramm wie drei Kaninchen vor der Schlange.

Der Haarlose hatte nun die Farbe von gut durchgeglühter Kohle erreicht und knüllte das Plakat zusammen. Nein, das war kein Froschliebhaber, und die Bagger waren ganz offensichtlich seine.

Aber wieso war dieser Baulöwe dann vor zwei Tagen mit dem Pelzermax und den beiden Wanzen am Hochberg gewesen? Der schien ja nun kein Menschenfreund zu sein.

»Hey, hey, Meister, das Plakat war meins!«, meldete sich der Marc Zwing zu Wort. »Und wer Sie sind, haben Sie mir auch nicht gesagt!«

»Das geht Sie auch einen Scheißdreck an!«

Rumpelstilzchen erklomm einen der Bagger. Keine halbe Minute später tosten die Motoren, und die Baggerschaufel fuhr nach oben. Dann setzte sich der Bagger in Bewegung. Direkt auf uns zu.

Marc Zwing rannte ebenfalls auf uns zu, schwang sich bei mir auf den Gepäckträger und schrie: »Fahrt's zu, der spinnt!«

Sogar die Lucy zögerte nicht lange und trat in die Pedale. Ich sah schon wieder nur eine Staubwolke von ihr, was auch kein Wunder war, denn ich hatte ja noch den Zwing hintendrauf.

Welch ein Glück, dass es bergab ging! Und wie gut, dass sich unser Picknickkorb schon selbstständig gemacht hatte, sonst wäre für den Reporter ja gar kein Platz gewesen. Das Letzte, was ich sah, waren der Pelzermax und die Wanzen, die ebenfalls die Beine in die Hand genommen hatten und hinter dem Bagger herliefen, der uns immer noch verfolgte, aber schon deutlich Abstand hatte.

Wieso ich diesen Hügel am Krötensee immer fluchtartig verlassen musste! Vielleicht war das alles für uns Kinder doch eine Nummer zu groß?

Eins war jedenfalls klar: Morgen mussten alle zur Demo mit. Die Millie, der Tschortsch, die Oma. Ohne erwachsenen Beistand würde ich hier nicht mehr hochkommen, aber das sagte ich natürlich nicht laut. Ich würde es in mein Notizbuch schreiben, und vielleicht würde ich auch was über Sommersprossen schreiben, wenn wir aus der Sache je heil rauskommen würden.

Wonach es nicht aussah, denn wir hatten einen Affenzahn drauf, und mit dem Zwing auf dem Gepäckträger schoss das Fahrrad wie eine Rakete die Krötenseestraße hinunter, an der Lucy vorbei, in die Kurve hinein, die Kühe glotzten ... wenn ich jetzt nicht bremsen würde ... Aber bremsen in der Kurve bei hohem Tempo, das war so eine Sache und mit einem Siebzig-Kilo-Mann im Rücken allemal.

Dann sah ich nicht mehr viel, denn wir sausten mitten in einen Heuhaufen, den jemand sinnvollerweise am Scheitelpunkt der Kurve abgeladen hatte.

In meinem Gesicht piksten die Heuhalme. In meinem Rücken tobte der Zwing, und das Fahrrad hatte sich ins Heu und in mein Bein gebohrt. Um es ehrlich zu sagen, war es das Kettenzahnrad, das wie ein Sägeblatt funktioniert, wenn es auf ein Bein trifft. Und dann sah ich nichts mehr. Alles wurde schwarz.

APRIKOSENKNÖDEL FÜR ALLE

Als ich die Augen aufschlug und es wieder hell um mich wurde, sah ich immer noch schwarz.

»*Hi, guy,* oh, die Welt hat ihn wieder!«

Ich blickte in einen schwarzen Urwald. Der bärtige Tschortsch war meinem Gesicht derart nah gekommen, dass ich einen Schrei ausstieß.

»Jessas, er lebt, jetzt können wir sicher sein!« Tschortschs Atem roch ein bisschen nach Millies Aprikosenknödeln und Zimt. Ich setzte mich auf, denn ich hatte einen Mordshunger. Und bemerkte, dass ich auf der Bank unter dem Baum in Omas Garten lag, um mich herum die Tante Millie, die Oma, die Lucy und der Karl. Und ein Kerl, den ich auf den ersten Blick gar nicht

zuordnen konnte. Alle mit so einem Gesicht, als ob ich gerade von den Toten auferstanden wäre.

»Der Bub, Gott sei Dank!« Die Oma schlug die Hände vor dem Gesicht zusammen und bekreuzigte sich, was ich komisch fand, weil ich das bei ihr noch nie gesehen hatte.

»Benni, oh *I am so lucky,* du hast mir sooooo einen Schreck eingejagt!« Die Lucy machte eine Armbewegung von hier bis zum Hochfelln. Also ein ganz schön großer Schreck.

Die Millie legte mir besorgt ihre Hand auf die Stirn. »Fieber hat er keines, das ist schon mal ein gutes Zeichen. Das Schmerzgel wird auch bald wirken.«

»Es tut mir wirklich leid, Ben, dass ich auf dir gelandet bin, denn mir ist deshalb nichts passiert!«

Der fremde Mann hüpfte im Kreis, um seine Unversehrtheit zu zeigen. Prima, schön für den ...

»Der Marc hat mir auch geholfen, dich nach Hause zu bringen, ey Mann, bist du schwer, also echt!«

Jetzt dämmerte es mir, das war ja der forsche Reporter von der *Rote Traun Post,* und in Lucys Stimme schwangen Vorwurf und Bewunderung mit. Ich hatte es genau gehört. Ich war kein solches Leichtgewicht, wie immer alle dachten, ein Stribbbern ist zäh und unerschrocken ... aber als Knautschzone für Lokalreporter ungeeignet.

Schlagartig erinnerte ich mich an die Fahrt in den Heuhaufen.

»Autsch«, ich hatte versucht aufzustehen. Und war schnell wieder auf die Bank zurückgefallen. Ich sah nach meinem Bein. Es war noch dran, steckte aber in einem riesigen weißen Verband und tat höllisch weh.

»Was ist das?!« Ich deutete auf mein Bein. Die anderen sahen mich fassungslos an.

»Kannst du dich nicht erinnern?« Lucys Blick war nun besorgt bis oberbesorgt.

»Mei, der Bub hat was am Kopf!«

Die Oma schlug erneut die Hände vors Gesicht, und ich dachte, das sagt die Richtige.

»Schock, er hat einen Schock, das wird schon wieder!« Der Tschortsch tätschelte mir die Schulter, die auch weh tat.

»Kann ich vielleicht Aprikosenknödel bekommen?«, fragte ich, um alle auf ein andres Thema zu bringen.

»Oh, ich auch gerne!« Das war der Marc Zwing.

»Oh, Millie, das wäre *great!*«

Der Tschortsch sah meine Tante Millie an, als gäbe es kein größeres Glück als ihre Aprikosenknödel. Okay, ein bisschen hatte er recht, aber seinem Atem nach hatte er ja schon mehrere Portionen davon verdrückt.

Ich spürte so was wie Futterneid. Während ich hier im Garten vor mich hin gedämmert hatte, immer in der Schwebe zwischen Fußamputation und Krötenseegelbfieber, hatte der Tschortsch in aller Seelenruhe die beste Süßspeise der Welt verputzt!

»Da, iss, so viel du kannst, Zimt ist leider aus!« Tante Millie stellte mir einen dampfenden Teller weißer Knödel mit Semmelbrösel auf den Tisch. Ohne Zimt. Klar, den hatte ja der Tschortsch erledigt.

»Oh, *sorry for the cinnamon!*« Lucy leckte sich die Lippen, an denen ich noch winzige Spuren Zimt entdecken konnte. Verräterin, auch sie hatte gegessen, während mein Leben an einem seidenen Faden gehangen hatte. *Cinnamon,* wenn ich es mir genau überlegte, war das der perfekte Name für Lucy. Zimtfarbene Haare, endlich hatte ich das Wort dafür. Zimtfarbene Sprengsel über der Nase und jetzt eben auch neben dem Mund. Vielleicht könnte man diese Zimtbrösel ja mit der Hand wegw...

»Sakradie!«

Die Oma war echt schnell bei mir, denn ich wäre beinahe von der Bank gefallen. »Der Bub kommt ja gar nicht an die Knödel ran!«

Da sprang schon die Lucy mit dem Teller herbei und quetschte sich neben mich auf die Bank. Irgendwie saß sie auf meiner Brusthöhe und schob mir den ersten Löffel Aprikosenknödel in den Mund. Vorher hatte sie drauf geblasen, denn die Aprikosen dampften ordentlich.

Ich aß also nun von Lucy angepustete Aprikosen, wie wolkig war das denn! Das war ja fast wie küssen, fast ... Lucys Gesicht war ziemlich nah an meinem, denn sie saß ja quasi davor. Und sie duftete ebenfalls nach Zimt. Mit Zimt beatmete Aprikosenknödel.

Meine Mam, die sich für alle möglichen Kochneuigkeiten interessierte, würde das Molekularküche nennen. Da kam nie was in seiner Urform auf den Tisch. Alles wurde zu Schaum, Dampf oder Eis. Und ich bekam Zimtdampf. Mann!

Auch der Karl hatte sich zur Bank hochgestibbert und versuchte mir das Gesicht abzulecken. Klar, wenn einer wusste, was gut war, dann er, der alte Räuber. Und die Lucy gab ihm doch glatt ein Stückchen Knödel ab.

»Wie wollen wir das morgen mit der Demo machen?«

Sie riss mich aus meinem Zimttraum, der mich kurzzeitig auch nach Indien gebracht hatte. Von meinen

Curry-Recherchen, damals als Gwenni noch in meinem Leben herumgespukt war, wusste ich, dass Zimt aus Indien kam. Als dicke, harte Rinde, und ich atmete jetzt Zimt! Alles hing irgendwie mit allem zusammen. Wow.

»Hey, Ben, was meinst du, kannst du bis morgen laufen?« Die Lucy rüttelte mich.

Was sollte ich sagen? Im Augenblick konnte ich gar nichts. Zum einen, weil ein dicker Verband um mein Bein war, und zum anderen, weil die Lucy mir derart auf die Pelle gerückt war, dass ich bald keine Luft mehr bekam. Dann hätte sich das mit der Demo auch erledigt gehabt.

»Keine Ahnung. Was ist denn los unter dem Verband?« Ich versuchte, tapfer zu gucken; schließlich wusste ich ziemlich genau, was unter dem Verband war. Ein pochendes, schmerzendes Bein.

»*Scary,* abgefahren, das willst du nicht wissen, Benni, echt nicht, wir haben uns alle ein bisschen gegruselt, aber der Tschortsch und die Millie haben das getaped und gereinigt, jetzt darfst halt nicht auftreten! Sonst platzt das alles wieder, und das Fleisch quillt raus ...!«

»Lucy, *shut up,* das braucht Ben jetzt nicht zu hören!«

Der Tschortsch hob die Hände wie zum Gebet vor die Brust und stand plötzlich auf einem Bein, die Augen geschlossen.

Alle stierten wir ihn an. Besonders Tante Millies Augen klebten förmlich an ihm. Hatte er sie hypnotisiert? Da schlug er die Augen auf und sah als Erstes die Millie an. Derselbe Klebblick. Mann und Meter, das mit dem Yoga musste ich mir mal weiter reinziehen, da scheint es Geheimcodes zu geben. Nur die Lucy kannte das offensichtlich schon. »Welchen Voodoo-Zauber hast du jetzt wieder ausprobiert, Dad?«

Tschortsch hob entschuldigend die Hände, faselte was von kosmischen Kräften und nahm die Tante Millie bei der Hand. »Wir besorgen mal was, damit unsere Hauptperson morgen bei der Demo nicht fehlt!«

Er zwinkerte mir zu und nahm auch noch die andere Hand von der Millie. SIE war doch nicht gehbehindert, sondern ich!

Die Oma schüttelte leicht den Kopf, als ob sie alles nicht glauben konnte. »Aprikosenknödel hat der Jokel auch immer gern gegessen, ja, hat er!«, murmelte sie und verschwand ins Haus.

Marc Zwing nahm der Lucy den halb aufgegessenen Teller Knödel ab und stopfte sich die Reste in den Mund. Als Reporter bei der *Rote Traun Post* schien man nicht gut zu verdienen. Dann verabschiedete er sich mit einem »Habe die Ehre. Bis morgen!«

Ich hatte den Kopf auf meinen Arm gestützt und versuchte das Pochen in meinem Bein zu vergessen, vielleicht auch, weil es woanders noch mehr pochte. Ungefähr da, wo die Lucy saß. Auf Brusthöhe.

Sie streichelte den Karl, der sich auf den Rücken geworfen hatte. Vielleicht sollte ich das auch mal versuchen. Aber jede Drehung würde weh tun.

Ich tippte die Lucy mit der freien Hand an. »Danke!« Meine Stimme klang verdammt rau. Lucy sah mich an, und es war ein Glück, dass ich schon lag, denn heiße flüssige Schokolade stürzte aus ihren Augen. Schokolade mit Zimt.

»Ich hab mir solche Sorgen gemacht!« Lucys Stimme klang auch rau.

Und dann nahm sie einfach meine freie Hand und drückte sie ganz fest.

Ich schwöre, wenn ich je wieder eine Hand frei habe, dann schreibe ich das alles in mein Notizbuch. Hammer. Cinnamon.

Und dann wirkte das Schmerzmittel.

FÜR DIE FRÖSCHE!

Wahrscheinlich hatte mich der Tschortsch gleich auch noch hypnotisiert. Jedenfalls wachte ich erst am nächsten Morgen wieder auf. Die Sonne brezelte in mein Zimmer, der Karl lag auf meinem Bett und wedelte sich die Seele aus dem Leib.

Ich fühlte mich fit, der Aufgabe gewachsen. Heute würden wir Geschichte schreiben! Der Fleischmütze würden wir das Handwerk legen und als Helden in der Zeitung stehen.

Ich hüpfte aus dem Bett und krachte jaulend auf den Boden. Verdammte Hacke, tat das weh!

Der Karl bellte wie verrückt, und keine fünf Sekunden später standen die Millie und die Oma im Türrahmen.

»Das mit dem Laufen kannst du vergessen!«

Die Millie schaute streng. Sie hatte ein Blumenkleid an und irgendwie auch ein paar Blumen im Haar. Sie sah nicht so aus, als würde sie gleich über den Irschenberg fahren.

»So ein Pech, ausgerechnet in den Ferien!«

Die Oma schlug schon wieder die Hände vor dem Gesicht zusammen.

Ich sah beide erschrocken an. »Aber die Demo!«

Die beiden tauschten Blicke. »Wir haben da eine Lösung. Nicht schön, aber zweckmäßig!«

»Verratet ihr auch, was es ist?«

Die Oma sah ebenfalls ratlos aus und fragte die Millie: »Was haben wir denn für eine Lösung?« Ach, Oma.

»Der Tschortsch und ich«, Tante Millie bekam einen sanften Blick und klapperte ein paarmal mit den Augendeckeln, »also ich und der Tschortsch, wir haben dir gestern Abend einen Rollstuhl besorgt!«

Ich hatte mich wohl verhört. Die größte Heldentat meines bisherigen Lebens sollte ich im Rollstuhl vollbringen?

»Warum braucht denn der Bub einen Rollstuhl?«

Okay, die Oma hatte mein Bein und die Demo vergessen. Wir würden sie bei der Hand nehmen müssen.

»Ohne mich!« Ich versuchte wieder aufzustehen und knallte ein zweites Mal der Länge nach hin.

Die Millie hob mich hoch und schleifte mich mit Hilfe der Oma nach unten in die Küche, wo schon der Huberleon und Meierfabian saßen und Rohrnudeln in sich reinstopften. Ganz der falsche Film. Warum aßen mir hier alle die Süßspeisen weg?

»Mann, krass, Ben, tut uns echt leid, das mit dem Bein, die Lucy hat erzählt, was passiert ist. Das wird heftig heute, was?«

In der Zahnspange vom Huberleon klebte die halbe Rohrnudel, und ich hätte ihm gerne gesagt, dass er mit vollem Mund einfach seine Klappe halten sollte.

Aber da krähte auch schon der Meierfabian los. Er hatte noch seinen Fahrradhelm auf, und rund um seinen Mund klebten Zuckerbrösel von der Rohrnudel. Das sah längst nicht so sexy aus wie die Zimtkrümel bei der Lucy.

»Wir werden in jedem Fall kommen! Du musst dir keine Sorgen machen, wir wuppen das!«

Ich hatte mich wohl verhört! Die beiden Zuckeraffen dachten doch allen Ernstes, dass ich nicht mit auf die Demo käme.

»Natürlich komme ich mit. Ich bin schließlich der Initiator. Rollstuhl steht schon bereit.«

Der Huberleon bekam ein leicht blödes Grinsen im Gesicht, vermutlich dachte er, ein Initiator ist so was wie ein Gladiator oder Terminator. Und der Rollstuhl nur eine Umschreibung meines superduper Hightech-Fortbewegungsmittels.

Mir war klar, ich würde nicht die stärkste Mannschaft um mich haben. Die beiden Nasen hier, eine hyperaktive Lucy und eine Oma, die zwar den Krötensee wiedererkennen würde, aber uns vermutlich nicht.

Von Millie und Tschortsch ganz zu schweigen, die nur noch mit den Augen aneinanderklebten.

Ich musste das ausblenden und die Zähne zusammenbeißen. Schon weil das Bein wie blöd pochte und der Huberleon drauf und dran war, die letzte Rohrnudel zu mopsen.

Keine vier Stunden später setzte sich von Omas Haus aus eine Karawane in Bewegung. Die Lucy schob mich im Rollstuhl, was eigentlich das Schönste an der ganzen Aktion war. Die Oma hielt sich dagegen eher ein bisschen am Rollstuhl fest. Der Karl saß auf meinem Schoß und genoss die Aussicht. Dann kamen der Huberleon und der Meierfabian auf ihren Rädern, zur Feier des Tages mit Ellenbogenschützern.

Ihren Müttern hatten sie anscheinend nur den Teil des Plakats mit meinem Party-am-Krötensee-Aufkleber gezeigt.

Als Schlusslichter kamen der Tschortsch und die Millie dahergeschlendert, anders kann ich es nicht bezeichnen. Aber es ist ja auch gescheit schwierig, geradeaus zu gehen, wenn man sich permanent in die Augen glotzt und die Hände festhält.

An der Steigung zum Krötensee mussten alle helfen, um mich hochzuschieben. Ich war eben kein Leichtgewicht. Man sollte mich nicht unterschätzen, auch nicht im Rollstuhl.

Von allen Seiten strömten jetzt Leute daher. Die Lucy zwickte mich von hinten und meinte: «Schau, unsere Plakate haben gewirkt!«

Ich verkniff mir den Kommentar, dass erst meine Verbesserungsaktion an dem Plakat die entscheidende Wende gebracht hatte.

Tatsächlich waren viele Familien unter den Demobesuchern, Mütter mit Kinderwägen, Großeltern und ein paar Freaks mit regenbogenfarbenen Fahnen und Peace-Zeichen auf dem T-Shirt.

Die Oma hatte eine Dose voller Plätzchen in Froschform dabei. Die hatte sie in einem lichten Moment an diesem Morgen noch gebacken. Allerdings hatte sie jetzt schon wieder vergessen, warum sie die Plätzchen mitgebracht hatte.

Bevor sie auf die Idee kommen würde, sie an alle Demoteilnehmer zu verteilen, nahm ich ihr die Dose ab und platzierte sie auf meinem Schoß. Der Karl hatte bis dahin wie ein Wagenlenker auf mir gesessen – jetzt musste er weichen. Ich gab die Leine der Oma in die Hand.

Als wir an der Kurve mit dem Heuballen vorbeikamen, musste ich schlucken. Da lehnte noch mein Fahrrad, das hatte schon bessere Tage gesehen. Doch für Gefühle war jetzt nicht der richtige Moment. An der letzten Biegung vor dem Hochplateau, auf dem der Krötensee lag, saßen bereits einige Leute. Hatten sich einfach so auf die Straße gesetzt. Manche hatten Transparente mitgebracht, auf die Frösche gemalt waren. Oder Sprüche wie »Baulöwen gegen Frösche – pfui«, »Biotop ist kein Bauland«, »Wir brauchen nicht noch mehr Straßen!«

Anscheinend hatte unsere Aktion mehr Leute auf den Plan gerufen, als wir gedacht hatten. Marc Zwing sprang zwischen allen herum und machte Fotos.

Einige Demonstranten hatten Lampions über die Straße gespannt. Kinder verteilten Geleefrösche. Ein Mann war in einem Froschkostüm erschienen. Aus einem Ghettoblaster schallte Froschquaken.

Alles schien absolut friedlich.

Bis zu dem Augenblick, als von der anderen Seite des Hügels ein Tosen zu hören war.

Zuerst sahen wir die Köpfe vom Pelzermax und den Wanzen. Sie fuhren auf einem Traktor, den der Pelzermax steuerte.

Mir wurde ein bisschen schlecht, denn das Bild »Ben im Rollstuhl gegen Pelzermax im Traktor« war kein gutes. Doch dann ragte hinter dem Traktor eine Baggerschaufel auf und noch eine und noch eine – kurz: Eine ganze Horde Caterpillars, Raupen und Dampfwalzen rollte auf uns zu. Rollte auf die Menschen zu, die friedlich auf der Straße saßen, aßen und dem Froschsound lauschten.

Ich sah, wie der Tschortsch an uns vorbei auf die Fahrzeuge zuging. Sogar die Millie hatte er dazu losgelassen. Die Lucy, der Meierfabian und der Huberleon waren an meine Seite getreten. Mucksmäuschenstill wäre es gewesen, wenn nicht die Baufahrzeuge einen solchen Krach gemacht hätten.

Der Tschortsch war bis vor die ersten Sitzdemonstranten geeilt, hatte sich vor sie gestellt. Ungefähr fünfzig

Zentimeter vor seinem Gesicht hielten die Fahrzeuge alle an. Dann erstarben die Geräusche.

Der Tschortsch hielt die Hand zum Friedenszeichen erhoben. Typisch. Er dachte wohl, man könne alles friedlich lösen. Aber er wusste ja nicht, mit wem er es zu tun hatte. Die Faust zu heben wäre klüger gewesen.

Ich stupste die Lucy an, sie sollte mich zum Tschortsch vorschieben, schließlich war das meine Demo. Das Traktor-Trio trafen wir ja nicht zum ersten Mal. Auf einem der Bagger war Rumpelstilzchen. Auf dem ersten Traktor der Pelzermax, und hinter den Baumaschinen kamen einige Typen mit Mistgabeln und Schaufeln und finsteren Gesichtern auf uns zu.

Dann überschlugen sich die Ereignisse. Der Pelzermax rief: »Papa, wir halten dir den Rücken frei!« Und Rumpelstilzchens rotes Gesicht wurde noch röter. Hatte ich mich verhört? Papa?

Der Fleischklops war der Vater vom Pelzermax?!

Der, der Jahre verschwunden war und um den sich so viele Gerüchte rankten? Langsam dämmerte es mir: *MPBAU – Wir schaufeln für die Zukunft.* Max Pelzer senior.

Jetzt wunderte mich gar nichts mehr. Wie sagte die Oma immer: »Der Apfel fällt nicht weit vom Birnbaum.«

Der Birnbaum ergriff jetzt das Wort. Er brüllte in ein Megaphon: »So, und jetzt schleicht's eich, ihr Froschgsichter. Von euch Kaschperl will ich keinen mehr hier oben sehen. ›Fortschritt‹ nicht ›Froschschritt‹ heißt es hier bald. Und im Übrigen war eure Demo nicht angemeldet. Da freut sich die Polizei!«

Im selben Augenblick kamen von allen Seiten Polizeiautos angefahren. Die Sirenen übertönten sich gegenseitig, vermischten sich mit dem Geplärre von Max Pelzer senior. Sie kamen erst zur Ruhe, als wir von fünf Polizeiautos umzingelt waren, aus denen nach und nach eine unübersichtlich große Zahl Polizisten heraussprang.

Den Tschortsch und die Millie haben sie als Erste festgenommen. Auch weil keiner von denen einen Ausweis dabeihatte.

Die Lucy schrie auf, als sie das sah. Die Leute packten panisch ihre Siebensachen und ihre Kinderwägen und rannten den Berg runter. Mit dabei natürlich meine beiden Oberhelden, der Huberleon und der Meierfabian.

Der Pelzer senior hatte den Arm um seinen Sohn gelegt und grinste triumphierend.

Als schon fast alle Demonstranten das Weite gesucht hatten oder in irgendeinem Polizeiauto verschwunden waren, kamen die Polizisten auf uns zu. Schließlich kann man in einem Rollstuhl nicht so schnell fliehen. Aber man kann ein Held sein.

»Herr Oberpolizeiwachtmeister«, rief ich deshalb mit lauter Stimme einem Polizisten entgegen, der mir besonders wichtig erschien, »das war alles meine Idee, ich bin verantwortlich für die Demo, und wenn ich Ihnen das mal ein bisschen erklären darf, dann werden Sie auch dafür sein. Also dafür, dass wir dagegen sind!«

Die Lucy kniff mich in den Oberarm, dass es weh tat. Sie wollte wohl meinen Heldenmut bremsen, aber mich konnte nichts mehr aufhalten.

Ich ratterte mein ganzes Wissen zu Biotopen, Froschwanderungen und schützenswerter Umwelt herunter. Erzählte was von bestechlichen Landräten, auch wenn ich nicht genau wusste, was das war, und schließlich zeigte ich mit dem Finger auf die famose Familie Pelzer.

»Die sind die Allerschlimmsten, dass ich im Rollstuhl sitze, habe ich auch denen zu verdanken!«

Die Polizisten grinsten blöd. Und die Lucy zwickte mich noch fester.

Ich drehte mich zu ihr um und lächelte sie mit einem »Das kriegen wir schon hin, Lucy!«-Lächeln an. Doch das schien sie nicht zu beruhigen. Und dann sagte sie: »Die Oma ist weg. Der Karl auch!«

KRUMME GESCHÄFTE

Doppelmist; noch etwas, woran diese Pelzermax-Sippe schuld war.

Wieso war die Oma nicht an meinem Rollstuhl stehen geblieben? Die Lucy hätte aufpassen müssen, ganz klar, ich hab ja hinten keine Augen, außerdem war ich ja wohl hier mit wichtigeren Dingen beschäftigt.

»Wer ist jetzt die Oma und wer der Karl?«

Der Polizist, der mir so wichtig erschienen war, zückte ein Notizbuch.

»Meine Oma und ihr Dackel!«, meine Stimme klang rau. »Die Oma ist ein bisschen vergesslich, und eventuell kann sie sich nicht erinnern, warum sie mit uns hier oben war. Aber sie macht die besten Aprikosenknödel der Welt, und außerdem hat der Jokel ihr hier oben einen Heiratsantrag gemacht. Und wenn wir sie jetzt nicht finden, dann müssen Sie einen Hubschrauber alarmieren, denn die Oma, die weiß vielleicht nicht mal mehr den Weg nach Hause, so schusselig ist die geworden ... und der Karl wird ihr keine Hilfe sein.«

Die Lucy zerrte nun an meinem Oberarm, als wollte sie mich von einem Abgrund wegreißen, was natürlich völliger Blödsinn war, denn ich saß ja mit meinem eindrucksvollen Streitwagen mitten auf der Straße.

»Du redest Quatsch!« Jetzt schrie sie mich so an, dass dem Polizisten der Bleistiftstummel aus der Hand fiel, und die anderen Polizisten, die noch da waren, aufsahen. Aber ich war richtig in Fahrt gekommen.

»Den müssen Sie verhaften!«

Ich zeigte auf den Pelzermax senior, der seinen Arm immer noch schraubstockartig um den Hals seines Sohnes gelegt hatte. Der war jetzt schon genauso rot im Gesicht wie sein Vater – die Ähnlichkeit war verblüffend.

Ich musste diesen scheußlichen Menschen das Handwerk legen!

»Er wird die Landschaft zerstören und ein massenhaftes Krötensterben wird einsetzen, wenn die armen Tiere nicht mehr zu ihren Laichplätzen können, um dort Hochzeit zu feiern. Und jetzt reißt er auch noch unsere Familie auseinander!«

Die Lucy machte eine Geste, die eindeutig »HastdunichtmehralleTassenimSchrank« bedeuten sollte.

Na, wer war denn hier bescheuert, ich oder die anderen? War denn nun jeder hier verrückt geworden?

»Junger Mann, jetzt beruhigen wir uns erst einmal, und dann erzählst du das alles ganz langsam und zum Mitschreiben noch einmal auf der Polizeiwache, denn tatsächlich war die Demo nicht angemeldet!«

»Und die da, die kommen ungeschoren davon?«

Ich fuchtelte in Richtung PelzermaxDuo und Wanzen, ein Quartett von außergewöhnlicher Schönheit. Zwei Tomaten und zwei Gurken.

Da trat der Pelzermax, also der junge, vor seinen Vater.

»Stribbern, du bist erledigt, sieh's halt ein. Mir san die Stärkeren, und außerdem bist du ned von da. Misch die ned ein in Sachen, die die nix angehn. Hier werd baut, und da lassn mir uns ned von irgendwelche Kröten aufhaltn!«

Die Wanzen nickten wie Wackeldackel auf der Hutablage. Der Pelzer-Vater bekam einen Blick, als ob sein Sohn gerade den Nobelpreis gewonnen hätte.

Der Polizist sah von einem zum anderen. Und kratzte sich mit dem aufgehobenen Bleistiftstummel an der Stirn, bis sie schwarz wurde.

Ich konnte das nicht auf mir sitzen lassen.

»Und wo war dein feiner Herr Vater so lange? Der ist doch auch nicht von da? Wo hat der sich denn die ganze Zeit versteckt?«

Man konnte mir ja viel nachsagen, aber wenn ich mich einmal in ein Thema verbissen hatte, brachte ich es auch zu Ende. Und vor Mädchen lasse ich mich nicht zum Horst machen. Also sagte ich:

»Herr Polizeioberkommissar, verhaften Sie diesen Mann. Ich bin ganz sicher, dass er weder eine Baugenehmigung hat noch das Recht, sich hier oben aufzuspielen!«

Ich blickte den Polizisten an, bei dem sich die Bleistiftstriche mit dem Schweiß auf seiner Stirn vermischt hatten und nun wie Lavaströme in seinen Hemdkragen flossen.

Jetzt nahm er den Bleistiftstummel in den Mund und kaute darauf herum. Dann kam er offensichtlich zu einem Entschluss:

»Mir langt's! Ihr beiden kommt mit auf die Wache. Und Sie da«, er deutete auf die Tomaten und Gurken, »Sie zeigen mir jetzt die Baugenehmigung und erzählen mir, was Sie hier oben mit dem Caterpillar vorhaben!«

»Halt, aber die Oma!«, rief ich dazwischen.

»Die werden wir auch noch finden!«, maulte der Polizist und zeigte mit dem Bleistift auf mich. »Und jetzt hältst du, bis wir auf der Wache sind, die Klappe. Sonst platzt mir hier der Kragen. Ich lass mir doch nicht wegen Kröten, Kindern und einem Caterpillar den Dienstagnachmittag versauen: Ab jetzt!«

Er machte seinen Kollegen ein Zeichen, und so schnell konnten wir gar nicht gucken, wie wir in den Polizeiautos saßen, ein Polizist hatte mich einfach aus meinem Rollstuhl gehoben und ins Auto gesetzt.

Die Lucy musste selbst einsteigen, denn sie hatten keine Polizistin dabei und durften die Lucy deshalb nicht anfassen. Ich schrie immer noch nach der Oma, als wir schon längst davonbraust waren. Erst als mir die Lucy Aufnahmen auf ihrem Smartphone zeigte, beruhigte ich mich ein wenig. Der Pelzermax senior, wie er von einem Mann mit Schaufel einen Zettel zugesteckt bekam und der Mann daraufhin eine Rolle voller Geldscheine entgegennahm. Der Pelzermax senior, wie er seinem Sohn eine klebte, und der Pelzermax senior, wie er mit hoch erhobener Hacke einem seiner Gefolgsleute drohte.

»Ich hab die Aufnahmen schon an den Marc Zwing weitergeleitet!«, flüsterte die Lucy.

Wann hatte sie die Aufnahmen gemacht? Wahrscheinlich zu der Zeit, in der sie nicht auf die Oma aufgepasst hatte.

Ich war hin- und hergerissen zwischen Bewunderung und Wut. Einerseits hatten wir nun den Beweis, dass dieser Pelzermax senior ein gewalttätiger Mensch war und offensichtlich krumme Geschäfte machte.

Auf der anderen Seite war dabei die Oma verlorengegangen, und nicht nur das. Aus dem Funk des Polizeiwagens drang gerade schnarrend die Stimme aus der Zentrale. »Vermisste Person ist auf keiner der bekannten Polizeiwachen, wir haben eine Suchmeldung an alle Radiostationen rausgegeben. Maria von Stribbern, 76 Jahre alt, bekleidet mit einem hellgrünen Dirndl, wurde zuletzt auf Höhe Krötensee gesehen und wird vermisst. Die Frau ist vermutlich geistig verwirrt und führt einen Dackel mit sich!«

Das war die Höhe! Die Oma war weg, und jetzt sollte auch noch die ganze Welt hören, dass sie ihre sieben Zwetschgen nicht beinanderhatte?

Es war einfach zu viel, außerdem tat mein Bein höllisch weh.

Das Nächste, was ich bemerkte, war Lucys Hand auf meiner und ihr langer Blumenschal in meinem Gesicht. Ich heulte Rotz und Wasser.

DAS VERHÖR

Vielleicht war das unsere Rettung. Also mein Geheule. Denn auf der Polizeistation wartete schon eine Polizistin. Die war mehr breit als hoch, hatte ein Gesicht wie ein sehr freundlicher Mond und sorgte erst einmal mit einer Portion Papiertaschentücher und zwei Limonaden dafür, dass ich aufhörte zu zittern. Gezittert hatte ich aus vielerlei Gründen: wegen der Oma, dem Bein und Lucys Hand in meiner – da wird selbst der stärkste Stribbern weich wie Gelee und wackelt vor sich hin.

»Fo, jepfp noch einmal pvon pvorne. Wer iff diefe Millie, wer diefer Pforpf und waf hat daf allef mit der Pferlobung eurer Oma pfu tun?«

Die Pfannkuchenpolizistin hatte die Hände vor ihrem sehr runden Bauch gefaltet. Sie sei schwanger, hatte sie uns gleich in der ersten Minute erzählt.

Dann hatte sie mir die Keksdose abgenommen und aufgemacht. Seither mampfte sie ununterbrochen Froschkekse.

»Die Millie ist meine Tante!«

Meine Stimme klang alles andere als cool.

»Der Tschortsch ist mein Dad!« Lucys Stimme war fest und klar. Woher nahm die nur diese Selbstsicherheit?

»Und die Oma hat sich vor tausend Jahren am Krötensee verlobt!«

Ich versuchte es mit Lautstärke, und alle zuckten zusammen.

»Ja, und vielleicht tun das ja der Tschortsch und die Millie auch!«, rutschte es der Lucy heraus, und ich dachte, ich hätte mich verhört.

»Was?« Meine Stimme überschlug sich. Gar, gar nicht cool, gar nicht.

Die Lucy sah mich an, als ob ich sie gerade gefragt hätte, ob die Erde rund sei.

»Das hat doch sogar schon die Wilma gemerkt?« Lucys Augenbrauen gingen nach oben und ihre Sommersprossen wie ein Schwarm Fliegen gleich mit.

»Wie jetzt?« Ich klang bestimmt wie ein Baby.

Die Polizistin hatte sich drei Kekse auf einmal in den Mund gesteckt.

»Und wer ifft jetpft die Wilma?«

»Na, eine Ringelnatter, superzahm, kann man sogar streicheln!« Ich wurde langsam ungeduldig.

Die Polizistin hatte aufgehört zu kauen und angelte nach einer Visitenkarte. *Kinderpsychologischer Dienst.* Bevor sie sich da in was verrannte, musste ich handeln.

»Bitte sehen Sie sich doch unsere Fotos an. Wir haben Beweise, dass dieser Pelzermax senior ein ganz skrupelloser Baulöwe ist und die Landschaft verschandeln will. Bestochen hat er alle hier, damit sie die Klappe halten. Und wenn Sie uns nicht glauben, dann schaun Sie auf die Online-Nachrichten von der *Rote Traun Post,* da hat der Marc Zwing bestimmt schon gepostet, was das für ein Verbrecher ist! Und der Huberleon und der Meierfabian können bezeugen, dass uns der Pelzermax, also der junge, und die Wanzen bedroht haben!« Ich hatte mich in Fahrt geredet.

Die Liste der Namen, die sich die Polizistin notiert hatte, war inzwischen ziemlich lang.

Sie stand auf, was gar nicht so einfach war, denn ihr Kugelbauch passte eigentlich nicht mehr in den Bürostuhl, und rief ihre Kollegen. Die Kekse hatte sie endlich vollends runtergeschluckt.

»Meine Herren, hier habt's eine Liste, und jetzt findet's ihr mir jeden davon und bringt's ihn hierher. Bis auf diese Wilma, das ist eine Schlange, ich mag keine Schlangen.«

Die Polizisten sahen etwas ratlos aus. Nur die Luzy konnte natürlich nicht die Klappe halten.

»Sorry, aber Ringelnattern sind Echsen, keine Schlangen, Sie würden sie mögen!« Der Polizist, der uns hergebracht hatte, guckte ratlos und las vorsichtshalber noch einmal die Namen: »Tschortsch, Millie, Oma, Karl, Pelzermax senior, Marc Zwing, Pelzermax junior, Wanze 1, Wanze 2, Huberleon und Meierfabian und nicht die Wilma.« Die Polizistin nickte und wandte sich dann an uns: »Und ihr zeigt's mir jetzt die Handybilder!«

Auf ihrer Stirn hatten sich Schweißperlen gebildet, und man konnte ihr ansehen, dass sie sehr, sehr gerne noch einen Zentner Froschkekse gegessen hätte. Es war aber auch wirklich eine Menge Informationen auf einmal.

Und dann sahen die Lucy und ich uns in die Augen. Das Wort »Augenblick« bekam plötzlich eine völlig neue Bedeutung für mich.

Komisch, um uns herum konnte alles zusammenstürzen, aber neben diesen Augen konnte mir nichts passieren.

GESCHICHTENRAUB

Ich hätte ewig so sitzen können. Neben der Lucy, die nur aus Augen bestand, die irgendwas Geheimnisvolles mit mir machten.

Das Einzige, was besser hätte sein können, war die Verpflegung. Aber das war ja schon die ganzen Ferien hier ein Thema. Irgendjemand kam mir immer zuvor und aß mir die leckersten Sachen vor der Nase weg.

Der dicke Polizist von vorhin hatte den letzten Froschkeks an sich genommen und war dann abgerauscht, all die Herrschaften suchen, die die runde Polizistin auf ihrer Liste hatte.

Und wir saßen in einem beigefarbenen Amtszimmer, zusammen mit einer Topfpflanze, einem Kätzchenabreißkalender, einer Menge Aktenordnern und eben der runden Polizistin, die uns ununterbrochen ansah.

Endlich drehte sie sich schwerfällig auf ihrem Stuhl um und glotzte in einen vorsintflutlichen Computer, dessen Tastatur ganz gelb und fleckig war, so viele Polizistenfinger hatten vermutlich mit Leberkäse- und Keksfingern schon darauf herumgehackt.

»Wie genau heißt jetzt noch mal die Firma von diesem Pelzermax senior?«

»*MPBAU – Wir schaufeln für die Zukunft!*«, riefen die Lucy und ich wie aus einem Mund und mussten lachen.

Die Polizistin, die Annamirl Krautsdorfer hieß, wie wir auf einem kleinen Schildchen an ihrem Tisch lesen konnten, stopselte umständlich mit zwei Fingern den Namen in ihre Tastatur.

Dann kratzte sie sich mit einem Bleistift auf dem Kopf herum und sah sich suchend auf dem Tisch um. »Ich hab doch noch eine Tüte Gummibärchen gehabt«, entfuhr es ihr, dann sprang sie erstaunlich schnell auf und verschwand im Nebenzimmer.

Wir hielten die Luft an. Nicht wegen der Gummibärchen, die hätten meinen Hunger auch nicht bekämpfen können, sondern weil sich auf dem vorsintflutlichen Bildschirm von Frau Annamirl Krautsdorfer was tat: Mit jeweils einem Plopp sprangen verschiedene Internetseiten auf, außerdem eine Kartei, die mit einem fetten Polizei-Logo gekennzeichnet war und lauter Köpfe preisgab, denen man nicht nachts im Wald hätte begegnen wollen.

Die Lucy und ich, wir hielten immer noch die Luft an, als die Polizistin wieder hereinrauschte, im Arm einen Aktenordner und ein Glas mit Bonbons in herrlichen Farben.

Ich ließ die Luft wieder raus, auch weil auf dem Bildschirm nun schön deutlich die Hackfresse vom Pelzersenior aufgeploppt war. Glasklar zu erkennen. Von vorn, von rechts und von links und drunter zehn schwarze Flecken, die vermutlich die Abdrücke seiner fetten Wurstfinger waren. Die waren so groß, dass sie kaum in die dafür vorgesehenen Kästchen passten.

Die Annamirl pfiff durch die Zähne, obwohl sie schon ein Bonbon in der Backe hatte.

»Da schau her, ein alter Bekannter, der Pelzermax!« Sie drückte auf ein paar Stellen des digitalen Steckbriefs herum.

Leider konnten wir jetzt nicht mehr alles sehen, denn der Rücken der Polizistin verdeckte teilweise den Bildschirm.

Die Lucy fand als Erste ihre Stimme wieder, vermutlich auch, weil sie sich ebenfalls ein buntes Bonbon aus dem Glas genommen hatte.

»Frau Krautsdorfer, glauben Sie uns jetzt?«

Die Polizistin drehte sich herum und wälzte in ihrem Mund das Bonbon von links nach rechts.

»Pfo wie ef auffaut, ift dieser Pelpfermapf ein flimmer Finger. Aber wir wollen niemand aufgrund feiner Pforgefichte verurteilen!«

Das Telefon klingelte, sie drehte sich wieder von uns weg.

»Grüf dich, Guftl, waf gib'f?«

»Waf?«

»Nein, ich hab gsagt, ›grüß dich, Gustl, was gibt's?‹ ... ja, ja die Verbindung war schlecht, ganz genau ... Nein, die sitzen vor mir ... beide dreizehn Jahre alt ... Was habt's ihr? ... Die Oma? ... Und wen habt's ihr noch? Den Pelzermax senior? ... Wie, ihr kommt's nicht an sie ran? ... Wieso nicht? ... Weil wer euch nicht lässt? ... der Dackel? ... Na gut, wir kommen.«

Man konnte sich aus den Bruchstücken ja nur eines zusammenreimen: Der Pelzermax senior und die Oma waren zusammen gefunden worden. Einerseits war ich froh, dass sie die Oma hatten, andererseits war das in der Kombination mit dem Pelzermax senior gar nicht gut.

Und dann passierten verschiedene Dinge gleichzeitig, die ich im Nachhinein gar nicht mehr genau unterscheiden konnte.

Die Annamirl Krautsdorfer warf sich eine Lederjacke über, die allerdings nicht über ihren Bauch passte. Jetzt guckte aus der schwarzen Lederjacke eine senffarbene Kugel heraus, die von einem Gürtel gehalten wurde, an dem Handschellen und ein leeres Pistolenhalfter hingen.

Sie griff sich aus ihrer Schublade eine Pistole und eine Banane. Dann steckte sie die Banane ins Pistolenhalfter und die Pistole in die Jackentasche, gleichzeitig telefonierte sie mit dem Polizisten von vorhin und ordnete an, dass alle verdächtigen Personen, nach denen jetzt gerade gesucht wurde, unverzüglich zum Krötensee zu verbringen wären.

Mit irgendeiner freien Hand versuchte sie meinen Rollstuhl in Bewegung zu versetzen, bis die Lucy ihr half und mich aus dem Zimmer schob. Anscheinend sollten wir mitkommen.

Mir war das nur recht, denn das Amtszimmer schlug mir aufs Gemüt.

Über eine Rampe ging's in den Hinterhof zu einem Polizeibus, der ebenfalls eine Rampe hatte.

Mit vereinten Kräften schoben mich die Lucy und die Annamirl in den Wagen, dann wuchtete sich die Annamirl hinters Lenkrad und bretterte mit Blaulicht drauflos, als gäb's kein Morgen.

Aus dem Funk kamen verschiedene Informationsfetzen. Auch, dass der zweite Bürgermeister der Gemeinde Krötensee zurückgetreten war. Und dass die Naturschutzbehörde Raum Bayern Ost eine Anzeige wegen Tierquälerei gestellt hätte. Dazwischen schoben sich die Nachrichten von Radio Chiemgau. »Einem Reporter der *Rote Traun Post* ist es heute gelungen, einen spektakulären Fall von Bestechung, Bauskandal und Umweltgefährdung aufzudecken ...«

Ich sah die Lucy an, die sich erschrocken die Hand vor den Mund hielt. Bei mir dauerte es dann noch einen Augenblick, bis der Groschen fiel.

Dieser Marc Zwing hatte sich unsre Geschichte geklaut!!

Unsre Empörung wurde unterbrochen von einer Polizeimeldung. »Sofort einen Krankenwagen an den Krötensee!«

Ich spürte, wie ich blass wurde, und prompt hatte ich die Finger von der Lucy in meiner Hand. Konnte ich aber gar nicht so richtig genießen, denn ich hatte nur eine Sorge: Die Oma! Die Oma, die wahrscheinlich vom

Pelzermax senior attackiert worden war und nun blutend und verwirrt in der Botanik lag.

Das Letzte, woran ich mich erinnern konnte, war, dass ich die Annamirl Krautsdorfer anschrie: »Jetzt fahren Sie doch mal schneller, wenn Sie nicht so viel Bonbons und meine Kekse in sich reingestopft hätten, wären wir schon längst da!«

Weiter kam ich nicht, denn die Lucy hielt mir mit beiden Händen den Mund zu. Das war dann doch in all dem Schrecken ziemlich schön und ließ mich alles rundum vergessen.

WIE IM FILM

Als wir gefühlt zum hundertsten Mal innerhalb von vierundzwanzig Stunden am Krötensee oben ankamen und die Lucy endlich ihre leicht klebrigen, aber dennoch nach Fruchtbonbon duftenden Finger von meinem Mund genommen hatte, konnte ich endlich die Situation überreißen.

Es sah aus wie in einem amerikanischen Kriminalfilm: Vier Polizeiautos standen mit tonlosem Blaulicht herum. Hinter uns, aber noch in einiger Entfernung, kachelte ein Krankenwagen mit laut trötenden Sirenen die Straße herauf. Unsere Polizistin hatte sich aus dem Auto gewuchtet und suchte die Gegend nach ihren Kollegen ab, von denen allerdings jede Spur fehlte – die Polizeiautos standen verlassen, mit geöffneten Türen da.

Eine gespenstische Stimmung lag über der Hochebene am Krötensee. Und wenn man bedachte, dass bis vor wenigen Stunden hier noch fast hundert Menschen die Straße blockiert und ein paar wenige versucht hatten, mit ihren schweren Baumaschinen dazwischenzugehen, und das Ganze dann mit einem riesigen Polizeiaufgebot aufgelöstworden war, dann war alles gleich noch viel grusliger.

Die Lucy strengte sich ziemlich an und machte die Rampe für mich an das Polizeiauto, dann beförderte sie mich darüber wieder aus dem Bus, während unsere Polizistin weiterhin hektisch die leeren Polizeiautos ablief.

»Wo seid's denn ihr?« Die Annamirl Krautsdorfer rief ungeduldig in ein Funkgerät, aus dem undeutliches Krächzen, aber ziemlich deutliches Bellen erklang.

»Am Steg?« Annamirl Krautsdorfer schwitzte. Sie hatte eine sehr helle Haut, die sich mit kreisförmigen roten Punkten überzog, und auf ihrem senffarbenen Hemd bildeten sich Flecken. Sie lüftete kurz die Lederjacke, bevor sie sich in Richtung eines Wegkreuzes aufmachte und dort in einem kleinen Weg verschwand.

Die Lucy schnappte sich meinen Rollstuhl und schob mich hinterher. Hatte ja niemand gesagt, dass wir dableiben sollten.

Zwar war die Polizistin schon ein ganzes Stück vor uns, aber wir kamen erstaunlich flott voran, und ich konnte die Banane, die im Pistolenhalfter steckte, gut erkennen. Herunterhängende Äste schlugen mir laufend Blätter ins Gesicht. Ich hörte die Lucy keuchen und versuchte mich als Motivationstrainer.

»Lucy, du schaffst das!«, rief ich.

»*Shut up,* halt die Klappe!«, schnappte sie zurück. So hatte sie noch nie mit mir geredet, und ich ließ das mit dem Motivationstrainer wieder sein. Zumal es wirklich über Stock und Stein ging und die Lucy beim Schieben überhaupt keine Rücksicht darauf nahm. Wenn sie sich was in den Kopf gesetzt hatte, zog sie es durch, das hatte ich ja schon gemerkt.

Plötzlich machte der Weg eine Biegung, hinaus in eine Lichtung, in deren Mitte ein Minisee lag.

Ein Steg führte in den kleinen See, und davor wachten ein paar Polizisten, die Pistolen im Anschlag.

Auf dem Steg saß die Oma. Und neben ihr der Karl. Er bellte wie verrückt in Richtung Stegende, das mitten im See lag. Dort standen der Pelzermax senior und sein sauberer Sohn. Sie hielten Mistgabeln in Richtung Karl und Oma und konnten weder vor noch zurück. Es war eine Pattsituation, denn der Karl ließ niemanden auf den Steg und niemanden vom Steg herunter. Der Karl bewachte die Oma, und ich schwöre, ich war in meinem ganzen Leben noch nie so stolz auf den kleinen Dackel gewesen wie jetzt. Dieser Fünf-Kilo-Hund hielt nicht nur die beiden Pelzers in Schach, sondern auch noch die halbe Polizei des Chiemgaus.

Die Oma sah bei allem recht zufrieden aus. Sie hatte die Schuhe ausgezogen und ließ die Füße in den See baumeln.

Ab und zu tätschelte sie dem Karl den Kopf, dann sah sie wieder versonnen ins Wasser und träumte vermutlich vom Jokel oder irgendeiner anderen Zeit, die zwar schon lange vorüber war, aber in ihrem Kopf immer noch recht lebendig. Der Lärm um sie herum schien gar nicht zu ihr zu dringen. Manchmal konnte man die Oma beneiden, auch wenn das eigentlich ziemlich traurig war, was da mit ihrem Kopf passierte. Aber für schwere Gedanken war jetzt keine Zeit.

»Annamirl, wir kommen da nicht ran!«

Der dicke Polizist, den wir schon als Gustl kennengelernt hatten, sah auch recht rot im Gesicht aus und hatte dieselben Schweißflecken am Hemd wie seine Kollegin.

Die anderen vier Polizisten nickten und konzentrierten sich wieder auf ihre Pistolen. Die Annamirl fluchte auf Bayerisch, was ein bisschen wie »Himmizfixnoamalnei« klang, dann griff sie hinter sich an den Hosenbund, gleichzeitig schrie sie die beiden Pelzermaxen an: »Ihr werd's euch doch nicht vor so einem kleinen Hund fürchten! Jetzt runter mit den Mistgabeln, und dann kommt's ihr ganz langsam den Steg entlang!« Sie holte die Banane aus dem Pistolenhalfter und hielt sie deutlich für alle sichtbar, in die Luft. »Ich geb jetzt einen Warnschuss ab, und dann macht's ihr, was ich sag!«

Der Pelzermax senior senkte zwar nicht die Mistgabel, aber er nahm eine Hand davon weg und hielt sie sich über die Stirn, um besser sehen zu können. Der junge Pelzermax tat dasselbe. Aber ganz offensichtlich hatte er nicht bedacht, dass die Mistgabel ein ganz schönes Gewicht hatte und mit einer Hand gar nicht so leicht zu balancieren war. Erst war ein ungläubiges Grinsen in den Gesichtern der Pelzermaxen, was ich denen gar nicht verdenken konnte. Eine ganze Polizeistaffel, die ihre Pistolen auf sie gerichtet hatte. Ein Dackel, der kläffte und niemanden an sich vorbeiließ. Eine Oma, die sich in aller Seelenruhe die Füße kühlte. Ein Mädchen, das einen Jungen im Rollstuhl hier heraufschob, und eine Polizistin, die eine Banane in die Luft hielt.

Der junge Pelzermax bekam einen Lachanfall, und dabei wollte er sich aus lauter Reflex die Hand vor den Mund halten. Es war die Hand mit der Mistgabel. Der Stiel der Mistgabel streifte seinen Vater, der das Gleichgewicht verlor, sich an der Mistgabel seines Sohnes festhielt, woraufhin beide in hohem Bogen rückwärts in den See fielen.

Wir stießen alle einen Schrei aus. Der Karl, dieses unerschrockene Hundsviech hörte aus all dem Lärm meinen Schrei heraus, raste vom Steg direkt auf mich zu und sprang mir in den Arm.

Innerhalb von wenigen Sekunden hatte sich die bedrohliche Situation in Luft aufgelöst.

Vier Polizisten zogen die beiden Pelzers an ihren Mistgabeln aus dem Wasser, und die Annamirl war zur Oma gelaufen und hatte ihr den Arm um die Schulter gelegt. Ganz langsam half sie der Oma auf, die erst umständlich in ihre Schuhe schlüpfen musste.

Die Lucy hatte mich ganz nah an den Steg geschoben, damit die Oma mich sehen konnte. Und als sich ihr Gesicht aufhellte, fiel mir ein Stein vom Herzen. Sie war noch nicht ganz in ihrem Tunnel verschwunden, sondern erkannte mich, vielleicht auch, weil der Karl auf mir saß.

Als allerdings dann wie aus dem Nichts dieser Marc Zwing auftauchte, um ein »sensationelles Happy-End-Foto« zu machen, wie er sich ausdrückte, wirbelte die Lucy plötzlich so schnell herum, dass er das Gleichgewicht verlor und mit einem dicken Platscher ebenfalls im Wasser landete.

Fast unmerklich gaben die Lucy und ich uns ein High five. Auch weil der Karl vor lauter Freude mir immer das Gesicht abschlecken wollte. Und die Oma mich so glücklich anstrahlte. Und die Annamirl etwas verzweifelt ihre Banane verputzte und immer wieder »was für ein narrischer Tag« murmelte und inzwischen ihrerseits die Schuhe ausgezogen hatte und die Füße ins Wasser hängen ließ.

Ganz leise hörten wir noch aus ihrem Funkgerät die Mitteilung: »Annamirl, wir hätten jetzt einen Teil der Personen hier auf der Polizeistation, allerdings fehlen uns noch der Dackel, die Pelzers und der Zwing!«

Die Annamirl verdrehte die Augen, dann verdrückte sie den letzten Bissen ihrer Banane und setzte sich die Bananenschale als Hut auf den Kopf.

Ich glaube, der Tag war für alle von uns ein wenig zu viel.

MÜDE HELDEN

Wenn mir der dicke Polizist Gustl nicht etwas von seinem Butterbrot abgegeben hätte, wäre ich wahrscheinlich auf dem Heimweg verhungert.

Die Annamirl fuhr den Polizeibus, die Oma, die Lucy und ich saßen hinten drin, der Karl schlief auf meinem Schoß. Er stieß kleine Fiepser aus, vermutlich war er im Traum immer noch auf dem Steg und verbellte die Pelzerbrut. Jene Pelzerbrut, die jetzt in dem Polizeiauto vom Gustl in Richtung Polizeistation unterwegs war, um dort verhört zu werden.

Zusammen mit dem Marc Zwing. Also der wurde natürlich nicht verhört, sondern er wollte einen »supergeilen Bericht« machen. Allerdings hat er das gesagt, nachdem er etwas kleinlaut gestehen musste, dass nicht er die Bilder vom Pelzermax senior gemacht hatte, sondern die Lucy. Was einfach zu beiwesen war, denn das Aufnahmedatum samt Uhrzeit war ja in Lucys Handy dokumentiert und lag deutlich früher als beim Zwing, der die Bilder per WhatsApp von der Lucy bekommen hatte.

Als »Tücken der Technik« wollte er die ganze Sache mit einem Achselzucken abtun und nicht weiter drauf eingehen. So, als ob wir kleine Kinder wären und er eben ein superschlauer Zeitungsmensch. Außerdem wollte er jetzt »in die Tiefe« gehen, wie er sagte, und dem ganzen »korrupten Mist« auf den Zahn fühlen.

Er sprang zum Gustl mit ins Auto, um »ganz nah am Geschehen dran zu sein«.

Gut, dass uns der Tschortsch schon die Sache mit der Korruption erklärt hatte, sonst hätten die Lucy und ich wieder blöd dagestanden. So aber fielen wir uns abwechselnd ins Wort, um der Annamirl die Sache zu verklickern. Wir waren aber nicht ganz sicher, ob sie uns richtig zuhörte, denn sie war sehr mit dem Lärm des Busses, der mit lautem Tatütata fuhr, der Landstraße und dem Polizeifunk beschäftigt.

»Der Pelzermax war schon immer ein schlimmer Finger!«, rief ich.

»Und in Amerika haben wir ganz oft so etwas erlebt!«, meinte die Lucy

»Kein Wunder, warum der Pelzermax so ein Depp ist, bei dem Vater!«, warf ich ein.

»Wegen denen ist der Ben vom Fahrrad gefallen und kann sich jetzt nicht mehr rühren!«, schrie die Lucy, um den Lärm des Busses zu übertönen.

»Der kann doch nicht ernsthaft glauben, dass er in einem Naturschutzgebiet eine Straße bauen darf!«

»Da müssen ganz viele Leute mit drinhängen in der Sache, das ist doch klar, woher sollten der Pelzermax senior und seine komische Firma denn die Erlaubnis haben?«, brüllte ich dazwischen.

»Vermutlich sind die Politiker geschmiert worden, der Tschortsch sagt immer ...«, die Lucy wollte den Satz noch zu Ende sprechen, da drang aus dem Polizeifunk die Mitteilung: »Annamirl, was sollen wir denn jetzt mit diesem Pärchen hier machen? Ein gewisser Tschortsch und seine Millie?«

Richtig, Tschortsch und Millie. Wo waren die eigentlich die ganze Zeit gewesen?

Ich sah die Lucy von der Seite an, sie hatte es auch gehört und hatte die Lippen zu einem schmalen Strich verzogen.

»Bringt's die auch zum Haus von der Maria von Stribbern. Wir sind gleich dort!«, brüllte die Annamirl Krautsdorfer so laut in ihr Mikro, dass der Karl kurz sein eines Auge aufmachte, um dann wieder weiterzudösen.

Dann war die Lucy vollends ruhig, bis wir ankamen, und das gefiel mir eigentlich weniger als die muntere Lucy, die drauflosplapperte.

Mit quietschenden Reifen hielt die Annamirl vor dem Haus von der Oma.

Ganz vorsichtig half sie ihr aus dem Auto. Die Oma tätschelte ihr den Arm und sagte: »Sie müssen zum Kaffee bleiben, ich habe Kuchen gebacken!«

Der Karl sprang mir vom Schoß und verschwand schnurstracks im Garten.

Die Lucy sprang auch aus dem Auto, nur ich blieb sitzen. Blieb mir auch gar nichts anderes übrig, denn niemand machte sich die Mühe, die Rampe an dem Bus zu befestigen und mich darauf rauszuschieben.

Ich sah bald alle anderen rund um den Tisch im Garten sitzen und Kuchen essen.

Es fühlte sich falsch an. Vor allem auch, weil die Lucy so seltsam drauf war.

Ich versuchte es mit Rufen, aber der Einzige, der schwanzwedelnd ankam, war der Karl, und er hatte unverkennbar Puderzucker rund um die Schnauze.

Es fühlte sich superfalsch an.

ICH war doch eigentlich der Held des Tages, kapierte das denn niemand? Ohne mich wäre der Skandal doch gar nicht aufgedeckt worden!

Auch ein Ben von Stribbern hat seine schwachen Momente, und ich spürte genau, dass jetzt ein solcher gekommen war. Hungrig, mit einem pochenden Bein, gefangen im Rollstuhl in einem Polizeiauto, fern von Kuchen und Limonade.

Andere Menschen klärten gerade meinen Fall auf und würden dann auch noch so tun, als ob sie das Ganze alleine herausbekommen hatten.

Und dann war da noch meine Freundin, die nicht mehr mit mir sprach. Habe ich »Freundin« gesagt?

Mir kamen die Tränen, und das passiert äußerst selten. Ich war am Ende. Am Ende meiner Beherrschung. Am Ende meiner Kräfte. Immer wenn es heute etwas zu essen gegeben hatte, war ich zu spät dran gewesen. Den ganzen langen Tag schon!

Jetzt würde ich in einem Polizeiauto verhungern.

Von Ferne hörte ich Sirenen und Gebell. Der Polizeifunk blökte immer wieder blechern dazwischen.

»Im Bereich Traunstein-Inzell ist es heute zu einem spektakulären Zwischenfall gekommen. Nur der beherzten Initiative eines jungen Pärchens ist es zu verdanken, dass ein ungeheurer Bauskandal aufgedeckt wurde, in den Politiker, Beamte und Baufirmen verwickelt sind.«

Pärchen, komisch, ich dachte sofort an Millie und Tschortsch, aber so richtig jung waren die doch eigentlich auch nicht mehr? Wieso behauptete denn hier jeder, er hätte den Fall aufgedeckt?

Noch mehr Tränen rannen mir übers Gesicht, und ich konnte schon nichts mehr richtig erkennen, außer dass sich ein blitzendes Gebiss und ein wackelnder Helm in die Türöffnung des Polizeiautos schoben, exakt in dem Augenblick, in dem aus dem Polizeifunk folgender Satz drang: »Das Besondere an dem Fall sind die jugendlichen Beteiligten. In ihren Ferien haben der 13-jährige Ben von Stribbern und die gleichaltrige Lucy Grandel mit viel Zivilcourage eine Naturkatastrophe verhindert.«

Die blitzenden Zähne riefen: «Ben, die reden von dir, ist das nicht irre?«

Und der Helm murmelte undeutlich: »Scheiße, Mann, das kommt im Radio! Wieso heulst du denn so bescheuert rum?«

Ich wischte mir rasch die Tränen vom Gesicht. Ich meine, ich kam im Radio, und statt mich zu freuen, rotzte ich herum, und das auch noch vor den beiden größten Milchbubis aller Zeiten, dem Huberleon und dem Meierfabian, die mittlerweile schon mit der Rampe herumhantierten, um mich zu befreien.

»Wieso sitzt du denn noch immer im Auto, die anderen sind schon alle im Garten!« Der Huberleon grinste blöd und ließ seine Zahnspange funkeln.

Ich hätte schon wieder losheulen können, aber mehr wegen dem Gedanken an Omas Kuchen.

»Und der Tschortsch und die Millie sind auch da!«, fügte der Meierfabian hinzu und ließ mich mit einem Bums die Rampe runter, dass mir Hören und Sehen vergingen.

Dann schoben mich die beiden Helden hinters Haus in den Garten, wo die Annamirl, die Oma, die Millie und der Tschortsch samt dem dicken Gustl-Polizisten fröhlich um den Gartentisch herumsaßen und Erdbeerkuchen spachtelten. Nur die Lucy fehlte.

»Da bist du ja, wir dachten, du bist mit der Lucy unterwegs!« Der Tschortsch war aufgesprungen und donnerte mir seine Hand auf die Schulter. »Alter, du hast den Krötensee gerockt! Wer hätte das gedacht – was aus der Aktion noch alles geworden ist!«

Die Millie war ebenfalls aufgesprungen und tätschelte meine Schulter, also eigentlich tätschelte sie die Hand vom Tschortsch, die auf meiner Schulter herumtrommelte.

Die Oma blitzte mich aus ihren hellblauen Augen an, und ich war ganz sicher, dass sie dieses Mal sehr genau wusste, worum es ging.

Die Annamirl und der Gustl hatten dagegen nur Augen für den Kuchen, genauso wie der Huberleon und der Meierfabian, die kräftig zulangten. »Wo ist eigentlich die Lucy?«, fragte ich.

Da wurde es auf einmal ganz still, und alle sahen sich um, während ich mit aller Kraft, die ich nach einem Tag ohne gescheites Essen noch hatte, den Rollstuhl in Gang setzte.

DER ZIMTVORHANG

Der Huberleon und der Meierfabian mussten mir schließlich ein bisschen helfen, den Rollstuhl durch die Botanik zu wuchten, schließlich war die Wiese ja eine Art Urwald und keine Stadtautobahn. Da, wo die Farne so dicht und hoch standen, dass auch der letzte Zipfel Licht ausgesperrt war, da, wo unser kleiner Gartenteich seine allertiefste Stelle hat, also einen Meter tief ist, da saß auf einem Stein die Lucy.

Sie knabberte an einer Haarsträhne, und ich musste sofort wieder an Zimt denken. Ob ihre Haare wohl nach Zimt schmeckten?

Der Meierfabian und der Huberleon gaben sich wirklich Mühe, den Rollstuhl auf dem weichen Grund zu bewegen, was schwierig war, weil auch der Karl immer dazwischenhüpfte.

Doch schließlich stand ich nah genug neben der Lucy. Ich wusste, dass wir jetzt allein sein mussten, und so gab ich das Geheimnis preis, wo die Oma weitere Süßspeisenvorräte hortete, nur damit meine beiden Assistenten endlich verschwanden. Dann robbte ich umständlich aus dem Rollstuhl und ließ mich neben der Lucy ins krass dunkelgrüne Gras plumpsen.

»Autsch«, entfuhr es mir, aber selbst darauf reagierte die Lucy kaum, also nur mit einem klitzekleinen Blick zur Seite und auch nicht so, dass ich ihr ins Gesicht sehen konnte.

Von fern her drang das Geklapper der Kuchengabeln zu uns herüber und der Brummelbass vom Tschortsch, der regelmäßig vom klingelnden Lachen der Tante Millie unterbrochen wurde.

Sogar die Oma hörte man ab und zu, wenn sie zum Beispiel auf die Frage der Annamirl, wann denn ihre Verlobung oben am Krötensee gewesen sei, antwortete: »Ja, Kuchen mochte der Jokel immer mit Streusel.«

Oder wir hörten, wie der Polizist Gustl artig um ein weiteres Stückl Kuchen bat und der Huberleon und der Meierfabian sich um die letzte Rohrnudel stritten, die sie im geheimen Zuckerreservoir der Oma gefunden hatten.

Die Lucy aber saß inmitten des allerdunkelsten Minidschungels hinter ihrem Zimthaarvorhang und rührte sich nicht. Bis auf die Zehe des rechten Fußes, die in den Teich hing und kleine Kreise im Wasser erzeugte.

Nachdem ich meine Gräten sortiert und das kaputte Bein auf weiches Moos gebettet hatte, stupste ich die

Lucy an. Aber außer ein paar größeren Kreisen im Wasser tat sich nichts.

Ich nahm allen Mut zusammen und schob den Zimthaarvorhang zu Seite. Ganz weich fühlte der sich an, gar nicht wie Haare, sondern eher wie ein feines Gewebe, irgendwas zwischen Seide und Kaschmir, würde meine Mam jetzt sagen, und die kannte sich mit so was aus.

Die Lucy unternahm nichts, um meine Hand zu bremsen. Ich schob also weiter, bis der Vorhang hinter ihr rechtes Ohr gewandert war. Die Lucy hatte immer noch eine Strähne im Mund und ein ganz nasses Gesicht. Eine Lucy mit nassem Gesicht machte mich fassungslos. Und ein dicker Klumpen formte sich in meinem Bauch.

»Lucy, wenn du mir nicht sagst, was ist, sitzen wir noch bis zum Ferienende hier und starren Kreise in den Gartenteich!«

Lautes Schniefen von der Lucy und eine Geste, die den Zimtvorhang wieder vor das Gesicht zog. Dazu musste sie allerdings die Hand bewegen. Eine Chance, die ich beherzt ergriff. Also nicht nur die Chance, sondern auch die Hand. Ich drückte sie etwas fester als beabsichtigt, und die Lucy sagte:

»What are you doing? Are you nuts? I am not a lemonslide!«

Natürlich war die Lucy keine Zitronenscheibe, aber ich war auch nicht verrückt.

»Kannst du mir mal sagen, was du hinter deinem Zimtvorhang so treibst? Ist das ein neuartiges Befeuchtungssystem für deine Haut, oder schwitzt du so? Dann musst du die Haare nach oben binden, kleiner Tipp vom Fachmann!«

Ich sagte es betont lässig und schob mir dabei die Hand in meine leicht gewellte Matte, die ehrlicherweise wieder einmal einen Haarschnitt vertragen konnte.

Aus dem Zimtvorhang kam ein verschnieftes Rotzhochzieh-Geräusch.

Ich kramte in meiner Hosentasche und beförderte ein spätantikes Papiertaschentuch hervor. Das war, fürchtete ich, schon einmal mitgewaschen worden und ähnelte einem Außerirdischen, so einer Art Krümel-Yoda, war aber besser als gar nichts.

Ich schob den Papier-Yoda hinter den Zimtvorhang und war am Ende mit meiner Weisheit. Also ehrlich, wir hatten gerade den Landstrich und die Population der Erdkröten vor einer Katastrophe gerettet, und die Lucy saß da und verfilzte sich ihre schönen, weichen Haare mit Salztränen!

Der Karl schob sich zwischen uns und leckte die Hand mit den Salztränen ab. Der hatte es gut, der wurde nicht geschimpft.

Ich wollte meine unerschrockene »Ich-hab-für-alles-eine-Lösung«-Lucy zurück, die »Ich-recherchier-das-mal-schnell«-Lucy und die »Der-Tschortsch-hat-gesagt«-Lucy. Sogar die »Ben-du-bist-noch-blöder-als-du-aussiehst«-Lucy wäre mir lieber als die »Ich-lös-mich-hinter-meinem-Zimtvorhang-auf«-Lucy.

»Mond an Erde, Mond an Erde, wann ist wieder mit Signalen zu rechnen? Ist alles in Ordnung bei euch da unten auf der Erde, Mond over!«

Meine Stimme klang rau, fast ein wenig männlich, aber das war im Augenblick ja auch völlig unwichtig.

»Gar nichts ist in Ordnung«, nuschelte der Zimtvorhang.

Na bitte, ging doch. Auch wenn es nicht die Antwort war, die ich hören wollte.

Ich hakte nach: »Ähm, hab ich irgendwas verpasst, Lucy?«

Schniefen, hörbares Schlucken als Antwort.

»Können wir reden, oder haben wir Schnief-WM!«

Ich fand mich ziemlich mutig mit meinen Kommentaren, aber es schien mir eh nichts so richtig zu passen, da konnte man es ruhig ein wenig flapsiger angehen. Humor ebnet ja oft den Weg aus einer Krise, sagte mein Paps häufig, wobei ich mich immer frage, warum er von dieser tollen Lösung so selten Gebrauch machte.

»Haben sie dir Clown-Pulver in den Kaffee getan, oder bäckt deine *Grandma* seit Neuestem Scherzkekse?«, fragte der Zimtvorhang.

Ich sah das als gutes Zeichen, auch wenn die Witze immer noch auf meine Kosten gingen. Und ich die Oma lieber aus der Sache draußen lassen wollte, die da ganz offensichtlich zwischen der Lucy und mir aufgezogen war. Wie so ein Gewitter, das unangekündigt plötzlich über eine Bergkuppe rutscht und binnen Sekunden eine mordsungemütliche Stimmung macht. Hab ich hier bei der Oma am Alpenrand schon öfter erlebt.

Ich versuchte mich daran zu erinnern, wie man in meiner Heimatstadt Gummersbach mit Gewittern umging, und sofort fiel mir die Sache mit dem Handystreich ein, die ja dummerweise auch wegen eines Unwetters nicht ganz nach Plan gelaufen war.

Nicht ganz nach Plan lief es auch jetzt, weil urplötzlich der Tschortsch angelatscht kam. Peace-Zeichen zu mir, dann zeigte er mit dem Zeigefinger in Richtung Lucy und machte eine Fragegeste.

Prima, wenn der Vater schon nicht wusste, was bei seiner Tochter gerade abging – wie sollte ich es dann wissen?

Ich zuckte also mit den Achseln.

Der Tschortsch hatte nun seine zehn Zehen, die in ziemlich museumsreifen Flipflops steckten, dicht vor mir zum Stehen gebracht.

»*Lucydarling,* magst du deinem alten Dad sagen, was das hier werden soll?«

Seine Stimme wollte ich mir für zukünftige Großwetterlagen merken, so ein groovender Brummelbass, irgendwas zwischen Dorfpfarrer, DJ und Daddy. Beeindruckend souverän und beruhigend – zumindest ich war schon ganz beruhigt.

Er würde das hier rausreißen. Der Zimtvorhang würde aufgehen, und eine völlig relaxte Lucy mit jeder Menge Ungeduld und Unternehmungsgeist würde hervortreten wie der schillerndste, also im Falle von Lucy zimtrötlichste Schmetterling aus einer mehlgrauen Puppe.

Leider blieb aber alles mehlgrau, um nicht zu sagen gewitterviolett. Anscheinend wirkte der groovende

Tschortsch-Sound nur bei so ausgeknockten Halbhelden wie mir, die mit pochendem Bein und pochendem Herzen in der Botanik saßen und seit einer gefühlten Ewigkeit auf einen Zimtvorhang einquatschten.

»Du hast doch von nichts eine Ahnung, immer ist alles easy, und dein scheiß ›Du-wirst-schon-neue-Freunde-finden‹-Gelaber geht mir so was von auf den Sack!« Lucys Stimme überschlug sich bei dem Satz und endete in einem Megaschniefen. Schnief-WM-Rekord, sozusagen, Schnief-Gold.

Ich sah unsicher zum Tschortsch hoch.

Das leise Gefühl beschlich mich, dass ausnahmsweise ich gar nichts falsch gemacht hatte. Da nahm die Lucy stimmlich einen neuen Anlauf: »Und nur du findest immer neue Freunde, die Millie passt doch super in dein Ying-und-Yang- und Bing-und-Bong-Konzept. Mega praktisch, dass die auch noch direkt nebenan wohnt. Und wenn jetzt der Ben nach Hause fährt in sein Scheiß-weitweg-Gummersbach, dann bin ich hier ganz allein – mit der Oma und dem Karl, und am Ende muss ich mit dem Pelzermax und den Wanzen auch noch auf eine Schule gehen!«

Aus dem Schniefen war ein Schluchzen geworden.

Ich hielt es nicht mehr aus. Auch weil ich so glücklich war. Ja, glücklich, die Lucy vermisste mich schon jetzt!

Leider wurde mir schlagartig klar, dass ich die Lucy ja auch vermissen würde. Und wie! Das machte mich so tiefunglücklich, dass ich versuchte, die Lucy ganz fest in den Arm zu nehmen, was im Sitzen, mit einem verbundenen Bein und einem Dackel am Teichrand viel Talent erfordert, vor allem, wenn der Vater der Angebeteten versucht, dasselbe zu tun. Wir erdrückten Lucy von beiden Seiten, die daraufhin mit einem Quieken ins Wasser abrutschte und alle drei Männer, der Tschortsch, der Karl und ich, hinterher.

SCHOKOBRUNNEN

Nach einem Gewitter ist die Luft durchsichtig, sagte meine Mam immer.

Bisher hatte ich gedacht, dass das ein ziemlicher Mist sei, weil ja Luft nicht dick und zum Anpacken ist, aber jetzt kapierte ich so annähernd, was damit gemeint war.

Denn die Lucy saß eingewickelt in ein Frotteehandtuch, dick wie Biskuitkuchenteig, bei mir auf dem Bett. Ja, noch einmal ganz langsam zum Mitschreiben:
b e i m i r a u f d e m B e t t .

Ich hatte auch ein Handtuch um, das war aber mehr Marke Zwieback und stammte wahrscheinlich aus der Zeit, als mein Opa Jokel noch Rockmusiker werden wollte. Egal, ich hätte mir auch ein Stahlseil umgewickelt, denn die Lucy lächelte wieder.

Vor uns standen zwei Becher mit Chai-Tee, die uns der Tschortsch gebracht hatte, bevor er Anlauf für eine lange Ansage genommen hatte. Tomatenbrote mit kleinen weißen Käsewürfeln obendrauf waren auch für uns. Die Tante Millie hatte sie noch in Dreiecke geschnitten, bevor sie sich neben den Tschortsch auf den Teppich vor meinem Bett hatte fallen lassen.

Den Tschortsch hatte sie dabei immer an der Hand, und ich staunte, was man einhändig für tolle Tomatensegelschiffe machen konnte.

Der Tschortsch tropfte noch ein bisschen, er war ja auch in den Teich gefallen. Aber anscheinend ließen sich Handtücher nicht mit seinem Weltbild vereinbaren. Auf meinem Teppich hatten sich jedenfalls kleine dunkle Kreise gebildet, in die ich starrte, so sehr hoffte ich, diesen Moment einfrieren zu können. Diesen Moment nach einem Gewitter, wenn die Luft durchsichtig ist und voller Zimtduft.

»Also, ähm, die Lucy hat natürlich mit ihren speziellen Antennen hier alles absolut gecheckt!«

Der Tschortsch hielt seiner Tochter in einer entwaffnenden Geste die hoch erhobenen, geöffneten Handflächen entgegen und verbeugte sich ein bisschen, soweit man das im Hocken hinkriegt und wenn man noch eine Hand von der Millie hält.

Große Unterwerfungsgeste, bevor er fortfuhr: »Tatsächlich hab ich mich hier exzellent eingelebt!«

Jetzt verbeugte er sich zur Millie rüber. Die Luft fühlte sich ein wenig wie Obstgelee an.

»Die Millie und ich, also ich und die Millie«, er räusperte sich, und die Millie drückte leicht seine Hand, senkte dabei die Augendeckel, was anscheinend half, den Schleimklumpen in Tschortschs Hals wegzubekommen, »wir haben uns ziemlich ineinander verguckt!«

Klappe aus, Szene neu, schoss es mir durch den Kopf. Wie behämmert klang denn »vergucken« bei erwachsenen Menschen?

»Die Millie wird ihren Megafrustjob aufgeben und hier bei mir und der Oma bleiben. Wenn das mit meiner Yoga-Praxis so gut läuft, wie ich vermute, dann brauch ich professionelle Hilfe, auch für den ganzen Bürokram. Und natürlich hast du recht, Lucy, ich hab hier schon Wurzeln, und du musst dir deinen Platz hier erst erobern!«

Die Augendeckel vom Tschortsch klappten jetzt ein Mal zu, verharrten nachdenklich so lange, bis man jede seiner langen Wimpern einzeln studiert hatte, und klappten dann wieder nach oben. Braune Schokobrunnen. Wie bei der Lucy.

Ich sah schnell zur Lucy, die ihre Schokobrunnen zum Himmel verdreht hatte. Vielleicht war es doch nicht immer so cool, die Tochter vom Tschortsch zu sein, der jetzt zu ihr sagte: »Du bist doch meine große, vernünftige Lucy, die mit mir um die ganze Welt gereist ist. Da werden dich doch ein paar Bauerntölpel nicht verunsichern, die ja auch noch garantiert auf eine andere Schule gehen, so wie die ihr Hirnstübchen beinander haben!«

Ich hielt die Luft an, denn ich war gespannt, wann endlich die Rede auf mich kommen würde.

Die Wanzen und der Pelzermax waren mir eigentlich egal, mit denen würde die Lucy fertig werden. Aber was mich betraf – ich saß ja in Gummersbach, quasi am andren Ende der Welt, und zwar schon bald.

»Und der Ben?« Lucys Augen waren wieder flüssige Schokolade. Mir wurde sehr heiß.

»Der Ben kann doch jede Ferien seine Oma besuchen, das wird auch absolut notwendig sein, denn aus therapeutischer Sicht müssen wir *Grandmas* Gedächtnis wie ein Uhrwerk am Schwingen halten. Das geht nur mit Personen, die ihr etwas bedeuten.«

Der Tschortsch hatte bei diesen Worten ein Therapeutengesicht aufgesetzt und eine Therapeutenstimme bekommen. Wie Teflon, daran perlt ja alles ab. Auch die Antwort von der Lucy. »Aber die nächsten Ferien sind erst in zwei Monaten, und bis dahin unterhalte ich mich mit dem Karl, oder was?«

Die Lucy hatte recht. Zwei Monate waren eine Ewigkeit, auf der erdgeschichtlichen Uhr ungefähr wie die Zeit, in der es Dinosaurier gab, also hundertfünfzig Millionen Jahre.

Der Tschortsch therapeutelte weiter. »Das hört sich im Augenblick unfassbar lange an, ist aber retrospektiv nur ein kurzes Zwischenatmen, das werdet ihr sehen!«

Bums, aus, Teflonrutschgefahr, der Tschortsch konnte einen ins Nirwana quatschen. Was war denn wieder dieses »retrospektiv«? Und wieso »zwischenatmen«?

Die Lucy brachte es auf den Punkt. »Zwei Monate sind ultralang, und nur weil du so auf Skype stehst, muss ich das noch lange nicht!«

Skype, mhm, das würde ich meinen Eltern erst noch beibringen müssen. Paps fand schon Telefonieren eher überflüssig, aber telefonieren mit Bild noch viel, viel überflüssiger. Vielleicht war er mit den berühmten Kostenstrukturen zu überzeugen, denn Skype kostete schließlich nichts, und ich für meinen Teil konnte mir Skype eigentlich so als Zwischenlösung ganz gut vorstellen.

Der Tschortsch offensichtlich auch, denn er nickte und sagte: »Das wird auch der Oma guttun, das hält den Vergessensprozess auf, wir werden das jeden Tag machen müssen, schon aus Heilungsgründen, begleitend zu den Yoga-Übungen!«

Ich strahlte. Strahlte auch zur Lucy.

Gegen Heilungschancen bei seiner eigenen Mutter konnte mein Vater nichts haben. Ich würde jeden Tag mit Lucy skypen und auf meiner inneren Landkarte direkt an den Alpenrand rutschen.

Die Lucy war natürlich schon wieder zwei Schritte voraus.

»Okay. Das geht als Basis. Aber ich werde auch nach Gummersbach fahren!« Sie sagte das so selbstverständlich, als ob sie jeden Tag irgendwohin jetten würde. Da war sie wieder, meine »Ich-packe-die-Dinge-an«-Lucy.

Und dann packte ich die Lucy an der Hand, genau in dem Augenblick, als Tante Millies Handy losbimmelte. *Eclipse of my heart* von Bonnie Tyler, ein Heuler, aber kein schlechter.

Alle hörten wir, wie die Millie erstaunt ins Telefon säuselte. »Okay, ja, das ist aber nett ... Da werden sich die Kinder aber freuen ... Nein, nein, sicher, ... das ist eine prima Belohnung ... ganz reizend ... Also, wir dürfen einladen, wen wir wollen? Sie zahlen alles ... hmh, auch Hotels ... ah ja, habe die Ehre auch, Servus!«

Die Millie sah noch ein Sekündchen ihr Smartphone an, also ob da drin jemand sitzen würde, der laut klatschend im Kreis sprang. Aber dann kriegte sie sich wieder ein und erzählte uns, dass das der Marc Zwing gewesen sei. Und dass die *Rote Traun Post* zusammen mit der Naturschutzbehörde Bayern Südost mir und der Lucy eine Party ausrichten würde. Und wir sollten alle Freunde einladen, die wir dahaben wollten.

Die Lucy sah noch ein bisschen verwirrt aus – während ich ja schon einen Plan gefasst hatte. Ich würde alle meine Freunde aus Gummersbach hierher einladen, also den Schmatze und den Hubsi, und von mir aus durfte der auch seine Hammerbraut Angelina Jolie, äh Schollermann mitbringen. Dreimal Fahrkarten von Gummersbach hin und zurück, das würde die *Rote Traun Post* schön was kosten, und dem Marc Zwing würde es recht geschehen, diesem alten Geschichtenklauer.

Die Lucy würde alle kennenlernen, mit denen ich in Gummersbach so abhing, und vielleicht würde das den Abschied leichter machen.

Da sagte die Lucy: »Du musst unbedingt deine Eltern einladen!« Stimmt, da war was. Die hatte ich jetzt fast vergessen, aber aus therapeutischen Gründen wäre das sicher ein guter Plan.

KRÖTEN, ZIMT UND SCHOKOLADE

Keine drei Tage später hingen in Omas Garten Lampions, und ich hoffte, dass die Wilma die Störung gut wegstecken würde.

Vor Omas Haus hatte irgendein Cateringservice ein weißes Zelt aufgestellt, in dem mobile Kochtopfsysteme vegetarische Schaschliks und supervegetarische Würstchen brutzelten.

Die Oma war mit großem Interesse durchgestiefelt und hatte den völlig überraschenden Satz losgelassen: »Früher hieß das Gulaschkanone!«

Daraufhin hat der Tschortsch fast einen Luftsprung gemacht, weil er das als Erfolg seiner Hirn-Yoga-Therapie sah, und die Millie hatte ihre ganze Überredungskunst dransetzen müssen, dass sich die Oma nicht in die Küche stellte, um mitzukochen.

Ich war ein bisschen aufgeregt, denn in wenigen Minuten sollten Schmatze, Hubsi und meine Eltern hier aufkreuzen. Angelina konnte nicht mitkommen, denn sie wollte zu einem Casting fahren. Irgend so was wie *Fack ju Göhte 3* suchte jugendliche Statistinnen.

Die *Rote Traun Post* hatte Lucy und mich auf die Titelseite der heutigen Ausgabe gebracht. *Der Coup der Krötenhelden.* Ich musste mir dummerweise erst von der Millie erklären lassen, was ein Coup war. Ein hammermäßiger Schlag, ein Mega-Knaller, eine Erste-Sahne-Aktion. Klar, so kann man das nicht schreiben, da war »Coup« sicher besser, auch wenn ich fand, dass dem Wort so ein bisschen der Bums fehlte. Schließlich hatte unsere Aktion nicht nur eine Katastrophe verhindert, sondern bewirkt, dass der Krötenhighway gebaut würde.

»Lucy Grandel und Ben von Stribbern haben wie die Musketiere gegen verkrustete Strukturen gekämpft und mit ihrer jugendlichen Leichtigkeit ein Rad in Bewegung gesetzt, wie es den Politikern des Landes und der Region in den vergangenen Jahren nicht gelungen ist. Sie haben mit ihrer beherzten Aktion am Krötensee (die *Rote Traun Post* berichtete) ein System aus Bestechungen und illegalen Absprachen aufgedeckt. Der gerade aus der Haft entlassene Max Pelzer senior, der sich mit geliehenem Geld einen Fuhrpark an Baumaschinen zugelegt hatte, wollte am Krötensee eine Verbindungsstraße und einen Bauhof errichten. Obwohl das angedachte Gelände genau in einem Naturschutzgebiet mit ausgewiesenem Krötenwanderweg liegt, ergingen Genehmigungen der verschiedenen Landratsämter. Max Pelzer, der vor seiner Verhaftung vor fünf Jahren bereits durch verschiedene Erpressungen aufgefallen war, hatte wohl alle alten Seilschaften wieder aktiviert und erpresste sich die Genehmigungen.

In den Verhören gab er verschiedentlich Geheimnisse preis, die Politiker und Beamte in Schwierigkeiten gebracht hätten und jetzt wohl auch bringen werden. Dass er bei seinen illegalen Vorhaben auch seinen Sohn und dessen Freunde als Komplizen herangezogen hat, wird ihm erschwerend zur Last gelegt.

Daher ist es in diesem Zusammenhang besonders erfreulich, dass die Machenschaften des Max Pelzer senior durch zwei junge Naturschützer aufgedeckt wurden: Lucy Grandel, die erst kürzlich wieder mit ihrem Vater aus den USA hierhergezogen ist, und der 13-jährige Ben von Stribbern aus Gummersbach, der im Landkreis die Sommerferien bei seiner Oma verbringt. Beide haben mit unverstelltem Blick eine große Leistung vollbracht. Die *Rote Traun Post* hat zusammen mit der Naturschutzbehörde Südostbayern den beiden eine Danke-Party spendiert (wir berichten darüber in der nächsten Ausgabe).

Marc Zwing, Chefreporter der Region Chiemgau
und Berchtesgadener Land

Blabladi blabada ... und dieser Marc Zwing, der jetzt schon wieder ein Stück Kuchen zwischen den Lippen hatte, sprang mit seiner Kamera vor dem Haus von der Oma rum, um meine Eltern zu fotografieren, die gerade zusammen mit dem Hubsi und dem Schmatze aus dem Taxi stiegen, das sie vom Bahnhof in Traunstein abgeholt hatte.

»Ben, man kann dich keinen Augenblick allein lassen!« Meine Mam zwitscherte in gespielter Empörung, dann drückte sie mir einen raschen Kuss auf die Stirn, während mein Paps ein trockenes »Mein Sohn!« herauspresste und mit mir so ein Vater-Sohn-Schulter-Check-up machte, während er mir fünfzig Euro für »computerfreie Zeit« zusteckte.

Als mein Paps die Oma sah, also seine Mutter, schluckte er, aber offensichtlich hatte der ganze Trubel oder das

Gehirnjogging vom Tschortsch der Oma gutgetan, denn sie strahlte meinen Paps an.

»Mein Bub, ein bisserl blass bist du um die Nase, komm, lass dich drücken!«

Die Oma zupfte am Hemdkragen von meinem Vater herum, als ob er neun wäre, und ich musste ziemlich grinsen. Die Lucy auch. Sie hatte sich breitbeinig neben mich gestellt. Auch weil der Hubsi und der Schmatze mich ziemlich kumpelig in die Mitte hatten nehmen wollen.

»Mensch, Stribbern, wer bimst dir eigentlich immer ein, die Welt zu retten?«

Der Hubsi knuffte mich in den Arm, dass es weh tat, und zeigte dann auf mein Bein, das immer noch verbunden war. Auftreten konnte ich aber schon wieder.

»Und Kriegsverletzungen davongetragen, alter Musketier?«

Währenddessen knuffte mich Schmatze in den anderen Arm und wippte ein wenig auf seinen Riesenturnschuhen herum, bis man wieder wusste, warum er den Spitznamen hatte. Knuff links, Knuff rechts. Mir fiel auf, dass ich das nicht vermisst hatte.

Die beiden benahmen sich wie das Baby, das ich vor zwei Wochen auch noch gewesen war. Vor dem Lucy-Schokobrunnen-Abenteuer. Vor der Krötenhochzeit und vor der Taufe im Teich.

Die Lucy stoppte die So-reden-wir-unter-Jungs-nun-mal-Begrüßung mit einem *»Hi guys, I am* die Lucy, *welcome to Bavaria!«*

Hubsi und Schmatze klappten die Kinnladen runter wie zwei altersschwachen Nussknackern.

Die Lucy sah auch wirklich zum Anbeißen aus, ich hatte ihren Style richtig liebgewonnen.

Sie hatte diesen Wasserfallrock an, der beim Gehen wie ein dunkler Gebirgssee um ihre Beine spülte. Dann ein Top in Regenbogenfarben und auf dem Kopf einen Kranz aus Sommerblumen.

Die Schokoaugen hatten Hubsi und Schmatze schon mit einem Guss überzogen, und beide bewegten sich infolgedessen nicht mehr. Eingefroren wie in Narnia, wenn die Eiskönigin alles in Statuen verwandelt, nur eben jetzt mit der Kraft der Schokolade.

Hinter uns sprudelte tatsächlich ein Schokoladenbrunnen, in den man Spießchen mit Obst halten konnte. Ich hatte schon fünfmal probiert, ob es auch funktionierte, und mir war ein bisschen schlecht. Aber ich wollte das große weite Feld der Süßigkeiten nicht allen anderen überlassen. Damit hatte ich in den vergangenen Tagen ja schlechte Erfahrungen gemacht.

Ich setzte den Begrüßungsmarathon fort. Der Huberleon und der Meierfabian waren auch gekommen, im Schlepptau ihre Mütter, die jetzt mit angewiderten Gesichtern in den Teich gucken mussten, weil ihre Söhne von der Wilma schwärmten.

Dann kamen der Bürgermeister vom Dorf 1 und der Bürgermeister vom Dorf 2 und der Landratsamtsmeister oder so ähnlich von allen Dörfern hier und schließlich ziemlich viele Menschen in karierten Hemden und Trekkingsandalen. Die waren alle von der Naturschutzbehörde und hatten nur Augen für den Minidschungel und die unsichtbare Wilma.

Aus den Augenwinkeln konnte ich erkennen, dass der Tschortsch meine Eltern kennengelernt hatte und er nun breitbeinig in seinen antiken Flipflops dastand, im einen Arm die Millie und im anderen meine Mam, als hätte er beide in der Tombola gewonnen. Meine Mam strahlte und lächelte genauso blöd wie die Millie.

Mein Paps merkte nichts, weil er sich mit der Oma unterhielt, die immer noch was an seiner Kleidung zu verbessern hatte.

Hubsi und Schmatze hatten sich aus ihrer Schokostarre gelöst und tigerten wie die Entenküken hinter der Lucy her, die ihnen alles zeigte.

Der Marc Zwing machte Fotos vom Schokobrunnen und von den Bürgermeistern.

Schließlich kamen mit Tatütata – war wohl ein Witz – auch noch die Annamirl und der Gustl in Polizeitracht daher und mischten sich unter die immer größer werdende Gästeschar, die ich gar nicht eingeladen hatte: sämtliche Teilnehmer am Sitzstreik, aber auch der Metzgermeister, bei dem wir vor der Demo das Plakat nicht aufhängen durften. Der Karl hatte sich gegen seine Gewohnheit unter eine Bank verzogen, aber das lag, glaub ich, an den geklauten Kuchenstücken, die jetzt in seinem kleinen Hundebauch verdauten.

Ich hätte mich am liebsten dazugelegt. Die fünf Schokospießchen und das Gefühl, dass hier die besten Ferien meines Lebens zu Ende gingen, knockten mich aus. Okay, Gummersbach-Alpenrand war nicht Gummersbach-Mumbay, aber diese ewige Abschiednehmerei ging auch an einem Stribbern nicht spurlos vorüber. Neben meinem Magen spürte ich noch was anderes: Um mein Herz hatte sich ein Schokopanzer gelegt wie die Kruste von einem Magnum. Was für ein Bild! Ich würde es in mein Notizbuch schreiben, wenn das alles hier vorbei war.

Genauso fühlte sich das neben meinem Magen an, wenn in regelmäßigen Abständen der Tellerrock von der Lucy an mir vorbeirauschte, weil sie irgendjemandem die Sache mit den Kröten erklärte oder Schokospießchen reichte oder meinen Eltern Schokoblicke zuwarf oder den Hubsi und den Schmatze kumpelhaft schubste.

Jedes Schubsen machte mir einen Stich leicht unterhalb vom Magen und führte zu einem Megastau, bis zum Hals hoch.

Plötzlich spürte ich eine Hand in meiner. Obwohl ja Berührung nicht riecht, war es ein Zimthändedruck, der mich zum Zaun vor Omas Grundstück zog.

Rund um meinen Magen hatte sich der Stau im Nu aufgelöst. Zimt war ja wahnsinnig gesund, wie der Tschortsch immer sagte. Total viele ätherische Öle drin und Antioxidantien und andere komische Wörter, die wahrscheinlich so kompliziert klangen, um Hirn und Kreislauf anzukurbeln. Lucys anderer Arm, der nicht an meiner Hand hing, zeigte auf einen Punkt außerhalb des Zauns. Eigentlich waren es drei Punkte. Ich musste meine Augen zusammenkneifen. Zum einen, weil drei Punkte in grünem Land und vor untergehender Sonne nicht gut zu sehen sind, und zum anderen, weil ich nicht glauben konnte, was ich sah. Das waren eindeutig der Pelzermax junior und die beiden Wanzen, die sich am Waldrand herumdrückten und auf das weiße Zelt vor Omas Haus glotzten.

Ich sah die Lucy von der Seite an, und sie spülte meinen Blick mit einem warmen Schwung Schokolade zurück. Wir mussten gar nichts sagen, wir drehten um und gingen zu dem Tisch mit den Baguette-Sandwiches. Dann nahm ich drei Stück davon, und wir liefen den drei Punkten entgegen. Kröten-Helden können ihren Feinden die Hand beziehungsweise die Weißbrotstange reichen. Und außerdem wollte ich, dass die Lucy hier in Zukunft keine Schwierigkeiten bekam, solange ich sie von Gummersbach aus nicht beschützen konnte.

Die Lucy machte ein Bild mit dem Smartphone, wie ich mit drei Baguettes bewaffnet in den Sonnenuntergang schritt. Und mit ein bisschen Fantasie sah das aus wie die Schlusszene in einem wirklich guten ... äh ... Musketier-Film.

Ein dicker Dank ...

... geht an alle, die mir unfreiwillig oder freiwillig so viele hinreißende Ideen geliefert haben. Dennoch sind die Handlung und sämtliche Personen natürlich völlig frei erfunden. Meinen Lektorinnen Sigrid und Regine gebührt der Lektorats-Oscar, weil sie mit aller Vorsicht und Geduld Ben und mich in den Griff gekriegt haben. Eva Muszynski sei Dank, haben Ben und all die andren »Mitspieler« so überaus sympathische Gesichter. Meiner Agentin Barbara Küper und meinem Verleger Bodo Horn-Rumold gehört der große Ben-Entdecker-Dank. Meinem Sohn Ferdinand sei an dieser Stelle gedankt für seine Geduld – er musste sich einige Frühstücke selber machen, während ich geschrieben habe. Und meinem Hund Olga widme ich den Fußwärme-Dank.

Claire Singer, geboren 1961, fand nach einem Germanistik- und Grafikstudium und einem Ausflug in die Werbung bald ihre eigentliche Berufung: Bücher. Seitdem liebt sie es, sich Geschichten auszudenken, Bücher zu schreiben und zu gestalten.

Eva Muszynski, geboren 1962, studierte Grafikdesign an der Hochschule der Künste in Berlin. Früher zeichnete sie Comics für Erwachsene, seit 1997 illustriert sie Kinderbücher, zu denen sie auch eigene Geschichten schreibt. Sie lebt mit ihrer Familie in Berlin.

Geht nicht, gibt's nicht!

Claire Singer
BENS GNADENLOS
VERKORKSTE SCHULZEIT
Band 1
224 Seiten
mit zahlreichen
Abbildungen
ISBN 978-3-8339-0330-4

Ben von Stribbern liebt es, Unsinn anzustellen. Aber leider geht der immer wieder nach hinten los. Dank Ben schlummern die Handys der ganzen 7a im Schulsafe, und die Mitschüler kochen vor Wut. Wie gut, dass Gwenny aus Indien in seine Klasse kommt. Mit ihren grünen Augen verdreht sie Ben den Kopf. Doch plötzlich soll die Neue wieder gehen. Zwischen Currypulver, Pflaumen-Chutney und Rikscha-Fahrten heckt Ben einen genialen Plan aus. Ob er wohl diesmal aufgeht?

Baumhaus

Wenn Comicfiguren plötzlich lebendig werden

Jens Baumeister
JONAS' GROSSES
COMIC-CHAOS
208 Seiten
mit zahlreichen
Abbildungen
ISBN 978-3-8339-0356-4

Jonas zeichnet für sein Leben gern – am liebsten Comicfiguren: Captain Flint, den furchtlosen Weltraumfahrer, Sir Iron, den tapferen Ritter, und Galactic Man, den stärksten Superhelden der Welt. Doch eines Tages passiert etwas Unglaubliches: Während einer Sonnenfinsternis gibt es einen lauten Knall und Jonas' Zeichenheft fällt vom Tisch. Als er es wieder aufschlägt, sind die Comicfiguren verschwunden!
Wenig später tauchen in Jonas' Schulbüchern mysteriöse Nachrichten auf. Jonas ahnt, dass für dieses Chaos nur seine Zeichnungen verantwortlich sein können ...